Kehlmann | Die Vermessung der Welt

Lektüreschlüssel XL

für Schülerinnen und Schüler

Daniel Kehlmann

Die Vermessung der Welt

Von Wolf Dieter Hellberg

Reclam

Dieser Lektüreschlüssel bezieht sich auf folgende Textausgabe:
Daniel Kehlmann: *Die Vermessung der Welt.* Reinbek b. Hamburg: Rowohlt Taschenbuch Verlag, [45]2017.

Lektüreschlüssel XL | Nr. 15485
2018 Philipp Reclam jun. GmbH & Co. KG,
Siemensstraße 32, 71254 Ditzingen
Druck und Bindung: Canon Deutschland Business Services GmbH,
Siemensstraße 32, 71254 Ditzingen
Printed in Germany 2018
RECLAM ist eine eingetragene Marke
der Philipp Reclam jun. GmbH & Co. KG, Stuttgart
ISBN 978-3-15-015485-4

Auch als E-Book erhältlich

www.reclam.de

Inhalt

1. Schnelleinstieg

Autor	Daniel Kehlmann, geb. am 13. Januar 1975 in München, deutsch-österreichischer Schriftsteller
Erscheinungsjahr	2005
Gattung	Roman
Werkaufbau	Gliederung in 16 Kapitel: • Kap. 1: Gegenwart, Einstieg in das Leben der beiden Protagonisten Alexander von Humboldt und Carl Friedrich Gauß im Alter • Kap. 2–10: Rückblick auf Lebensereignisse, wechselnd zwischen den beiden Forschern • Kap. 11–15: Gegenwart, chronologisch anschließend an Kap. 1, weitere Lebensereignisse der Hauptfiguren, gemeinsame Forschung • Kap. 16: Vorausblick
Ort und Zeit der Handlung	Die erzählte Zeit umfasst ca. fünfzig Jahre, beginnend in der Kindheit beider Protagonisten (ca. 1775) bis zum aktuellen Geschehen im Jahr 1828, abschließender Ausblick auf die Zukunft im letzten Kapitel. Das Geschehen spielt an verschiedenen Orten: • Berlin: Ort des gegenwärtigen Geschehens (Kap. 1, Kap. 11–14) • Lebensräume Gauß: Göttingen und Braunschweig • Forschungsreisen Humboldts: Spanien, Südamerika, Nordamerika, Russland

Der 2005 veröffentlichte Roman des damals dreißigjährigen Autors Daniel Kehlmann ist einer der größten Erfolge der deutschen Literatur der Nachkriegszeit – 37 Wochen stand er auf Platz 1 der Spiegel-Bestsellerliste. Auch international war der Roman überaus erfolgreich: Seit seinem Erscheinen ist er in mehr als 40 Sprachen übersetzt worden und verkaufte sich weltweit über 6 Millionen Mal.

Kehlmann stellt zwei herausragende deutsche Forscher, Alexander von Humboldt (1769–1859) und Carl Friedrich Gauß (1777–1855), in den Mittelpunkt seines Romans. Er beschreibt die grundverschiedenen Milieus, aus denen beide stammen, erzählt von ihren wissenschaftlichen Erfolgen und Forschungen, ihren Eigenarten und ihrem persönlichen Schicksal. Dabei werden sozial- und zeitgeschichtliche Ereignisse eingeflochten, die das Leben der beiden Forscher mitbestimmen. Dem unermüdlichen und waghalsigen Reisenden Alexander von Humboldt stellt Kehlmann den auf seine engste Umgebung fixierten Carl Friedrich Gauß entgegen, der Reisen für überflüssig erklärt, weil er als Mathematiker und Astronom die Geheimnisse der Welt von seinem Zuhause aus erfassen kann. Den geistigen Reisen von Gauß in die Geheimnisse der Astronomie und Mathematik stehen die ausgedehnten Expeditionen Alexander von Humboldts durch das moskitoverseuchte, weitgehend unerforschte Gebiet des Orinoko, die Erforschung der geheimnisvollen Welt der aztekischen Kultur und die Erkundung Russlands gegenüber. Diese Reisen ent-

Reisen und Zuhausebleiben

führen den Leser in eine Welt voller spannender Erlebnisse, während das Leben von Gauß eher von privaten Ereignissen geprägt ist.

Leben für die Forschung

So verschieden die Forscher sind, die jeweils auf ihre eigene Art die Welt vermessen – als Reisender oder als Vermessungsingenieur und mathematisch Forschender –, so nah sind sie sich am Ende ihres Lebens. Gemeinsam arbeiten sie an der Erforschung des Erdmagnetismus, wenngleich an unterschiedlichen Orten, und beide blicken am Ende ihres Lebens resigniert auf ihre Forschungsarbeit zurück. Gauß weiß, dass er vor seinem Tod nicht mehr dazu vordringen wird, zu erkennen, »was Raum und Zeit waren, was die Natur einer Linie, was das Wesen der Zahl« (S. 282). Humboldt begreift auf seiner Reise durch Russland, dass die »Dinge sind, wie sie sind, und wenn wir sie erkennen, sind sie genauso, wie wenn es andere tun oder keiner« (S. 291). Schließlich kann er nicht einmal mehr sagen, »wer von ihnen weit herumgekommen war und wer immer zu Hause geblieben« (S. 293).

Fakten und Fiktion

Kehlmanns Roman, in dem sich historische Ereignisse mit fiktiven Elementen mischen, ist nur im weitesten Sinne ein historischer Roman. Für Kehlmann ist eines der zentralen Themen eine »satirische, spielerische Auseinandersetzung […] mit dem, was man, ganz unironisch, die große deutsche Kultur nennen kann«[1]. Der Roman aber handelt zugleich

1 Daniel Kehlmann, »Ich wollte schreiben wie ein verrückt gewordener Historiker«, in: Gunther Nickel (Hrsg.), *Daniel*

auch von der Vermessenheit zu glauben, die Welt durch Gitternetze, Zahlen und statistische Ergebnisse erfassen zu können.

Kehlmanns »Die Vermessung der Welt«. Materialien, Dokumente, Interpretationen, Hamburg 2008, S. 27.

2. Inhaltsangabe

Die Reise (S. 7–17)

Im September 1828 verlässt der weltbekannte Mathematiker Professor Gauß zum ersten Mal nach langer Zeit widerwillig Göttingen, um auf Einladung Alexander von Humboldts zum Deutschen Naturforscherkongress nach Berlin zu fahren. Er reist zusammen mit seinem Sohn Eugen, der unterwegs die Abneigung seines Vaters deutlich zu spüren bekommt.

Gauß' Fahrt nach Berlin

An der preußischen Grenze muss Gauß zugeben, dass er keinen Pass besitzt. Doch durch einen Zwischenfall, der die Grenzbeamten ablenkt, gelingt es den beiden Reisenden, ihre Fahrt auf preußischem Boden fortzusetzen.

Als sie am Nachmittag in Berlin ankommen, werden sie von Alexander von Humboldt, seinem Sekretär sowie Herrn Daguerre empfangen. Humboldt, ein »kleiner alter Herr mit schlohweißen Haaren« (S. 14), begrüßt Gauß herzlich und besteht, obgleich sich Gauß sträubt, darauf, dass Daguerre ein gemeinsames Bild auf eine lichtempfindliche Platte bannt. Hierzu benötigt dieser eine Viertelstunde, allerdings wird die Aufnahme durch einen hinzukommenden Polizisten, der eine »Zusammenrottung« (S. 16) befürchtet, und durch die Ungeduld von Gauß unbrauchbar, wie Humboldt nachts beim Betrachten der belichteten Platte feststellt.

Begegnung mit Humboldt und Daguerre

Das Meer (S. 19–51)

Das zweite Kapitel ist ein Rückblick auf die Kindheit und Jugend der Brüder Humboldt. Nach dem frühen Tod des wohlhabenden Vaters lässt sich die Mutter der beiden Brüder von Goethe raten, wie die Kinder erzogen werden sollten. Die undurchsichtige Antwort Goethes deutet der Erzieher und Hauslehrer Kunth dahingehend, dass man den einen Bruder zur Kultur, den anderen zur Wissenschaft ausbilden solle. Eine Münze entscheidet, wer welchen Weg beschreitet. Ausgezeichnete Privatlehrer unterrichten die Brüder auf hohem Niveau. Alexander erhält Unterricht in Chemie, Physik und Mathematik, Wilhelm in Sprachen und Literatur, beide lernen zudem Griechisch, Latein und Philosophie.

■ Die ungleichen Brüder Humboldt

Im Gegensatz zu seinem wortgewandten Bruder Wilhelm, der schon mit 15 Jahren sieben Sprachen beherrscht, ist Alexander wortkarg, mäßig in seinen Noten, aber sehr praktisch veranlagt. Sein Bruder Wilhelm, der »wie ein Engel« (S. 20) aussieht und dem niemand etwas Unrechtes zutrauen würde, quält seinen Bruder heimlich; er prüft, ob dieser Rattengift auf dem Essen erkennt, und schaut unbeteiligt zu, als Alexander im Eis einbricht und fast ertrinkt.

■ Studium und erste Forschung

Dieses einschneidende Erlebnis verändert Alexanders Arbeitshaltung, er wird konzentrierter. Der Hauslehrer bestimmt für beide Brüder die Studienrichtung; für Alexander Kameralistik (Verwaltungswissenschaft), für Wilhelm Rechtswissenschaft. Doch schon bald widmet sich Alexander den Naturwissenschaften. Sein Studium bewältigt er in nur einem Vierteljahr, gleichzeitig stellt er in Höhlen und Schächten eigene Forschungen an, die erste Zweifel an der Idee des Neptunismus in ihm wecken.

Nach seinem Studienabschluss steigt Alexander von Humboldt rasch vom Bergbauassessor zum Bergbauinspektor auf. Er ist unentwegt unterwegs, um Hütten, Bergwerke und Fabriken zu kontrollieren. Seine privaten Forschungen setzt er fort und entwickelt dabei nach einem Unfall unter Tage, der ihn fast das Leben gekostet hätte, aus einem Luftsack eine Art Sauerstoffmaske, mit der er auch lebensfeindliche Höhlen betreten kann. Zudem betreibt er elektrophysikalische Forschungen, in denen er Galvanis Beobachtungen über die Auswirkungen von Elektrizität auf Nerven, die dieser an Fröschen untersuchte, am eigenen Leib überprüft und dabei die »chemische Feindschaft der Metalle« (S. 33) schmerzhaft verspürt.

■ Gefährliche Forschungen

Nach dem Tod seiner Mutter, der ihn innerlich nicht erschüttert, sondern »glücklich« (S. 36) macht, da er nun finanziell unabhängig ist und seine Forschungspläne verwirklichen kann, kündigt er seine Anstellung.

Zunächst besucht er Weimar, wo sein Bruder ihn unter anderem mit Goethe bekannt macht. Dem hochverehrten Goethe verrät Alexander als Erstem, dass er in die Neue Welt reisen werde und damit rechne, nicht lebend zurückzukehren. Goethe schärft ihm

■ Alexanders Reisepläne

ein, Beweise für die Richtigkeit des Neptunismus zu finden.

In Salzburg deckt Alexander von Humboldt sich mit den modernsten geophysikalischen Geräten ein und probiert deren Handhabung ein Jahr lang aus.

Aimé Bonpland

In Paris, wo er seinen Bruder besucht, hält er zunächst vergeblich nach Expeditionen Ausschau, denen er sich anschließen kann. Durch einen Zufall trifft er hier auf den 25-jährigen Aimé Bonpland, der Medizin und Botanik studiert hat und dessen besonderes Interesse tropischen Pflanzen gilt. Begeistert bietet Humboldt Bonpland an, mit ihm zu reisen.

Der spanische Freibrief

In Madrid gelingt es Humboldt, der zwischenzeitlich Spanisch gelernt hat, den einflussreichen Geliebten der Königin, Minister de Urquijo, zu sprechen. Dieser verwechselt Humboldt mit einem Mediziner und bittet ihn um ein Potenzmittel, damit er sich weiterhin das Wohlwollen der Königin erhalte. Nachdem Humboldt ihm ein Rezept mit einer Reihe merkwürdiger Zutaten überreicht hat, alle nur in weit entlegenen tropischen Gegenden zu finden, erhält er eine umfassende Genehmigung, die es ihm erlaubt, alle Schiffe der spanischen Krone zu nutzen und alle Plätze im spanischen Herrschaftsbereich aufzusuchen, die ihn interessieren.

Auf der Reise von Coruna nach Südamerika macht das Schiff eine zweitägige Rast in Teneriffa, wo Humboldt den Hauptvulkan der Insel besteigt; vor allem aber begeistert ihn der »wohl Jahrtausende alte« Drachenbaum in Santa Cruz.

An der Küste Südamerikas lässt sich Humboldt – in tadelloser preußischer Uniform – im Mündungsgebiet des Orinoko mit seinen Instrumenten an Land bringen.

Der Lehrer (S. 53–68)

Schon früh zeigt sich die überraschende Auffassungsgabe von Gauß. Als Kind lernt er in wenigen Stunden selbständig lesen und ist irritiert, dass seine Mitmenschen in Gesprächen Pausen einlegen müssen, um nachzudenken. In der Schule fällt er auf, als er mit einer klugen Idee das Ergebnis einer ermüdenden Addition aller Zahlen von Eins bis Hundert herausfindet. Sein Lehrer Büttner erkennt Gauß' Genialität und versucht, ihn zu fördern, indem er ihm ein umfangreiches Buch über höhere Arithmetik zum Bearbeiten gibt. Doch schon am nächsten Tag hat der achtjährige Gauß das Buch zur Verwunderung seines Lehrers durchgearbeitet. Ein Assistent von Büttner, der Mathematik-Student Martin Bartels, widmet sich nun der Förderung des jungen Gauß, doch schon bald muss auch er erkennen, dass Gauß unterfordert ist. Zusammen mit Büttner gelingt es ihm, den Vater zu überzeugen, dass der Junge ein Gymnasium besuchen sollte. Aber auch hier fühlt sich Gauß nicht hinreichend gefördert. Bei einer Audienz beim Herzog von Braunschweig, die von einem Förderer von Gauß, dem Göttinger Professor Zimmermann, arrangiert ist, wird deutlich, welch erstaunliche Forschungser-

■ Frühe Genialität von Gauß

■ Der Herzog von Braunschweig

gebnisse Gauß im Bereich der kalendarischen Arithmetik, der planetarischen Berechnungen und der Geometrie schon in seinen jungen Jahren erzielt hat. Trotz der Enttäuschung, dass Gauß wider Erwarten keine Rechenkunststücke vorführt, erhält er ein Stipendium vom Landesfürsten, der in diesem Zusammenhang voller Stolz auf die Südamerikareise seines liebsten Patensohns Alexander hinweist.

■ Die Ballonfahrt

Als der erste Ballonfahrer, Pilâtre de Rozier, nach Braunschweig kommt und auf nachdrücklichen Wunsch des Herzogs vor den Toren der Stadt mit einem Heißluftballon aufsteigt, gelingt es Gauß, den Ballonfahrer zu überreden, ihn mitzunehmen. Enthusiastisch beobachtet Gauß Himmel, Horizont und Sterne und bei der Landung teilt er Pilâtre de Rozier seine neugewonnene Erkenntnis mit, dass »alle parallelen Linien einander berührten« (S. 67).

Die Höhle (S. 69–80)

Ein halbes Jahr untersucht Alexander von Humboldt in Südamerika alles, »was nicht Füße und Angst genug hatte, ihm davonzulaufen« (S. 69). Unter anderem erforscht er die Erdbeben, die immer wieder die Region erschüttern, und selbst eine »Statistik über Läuse« (S. 70) scheint ihm wissenswert. Seine Vermessungen des Gebiets führen Humboldt zur Chaymas-Mission im tropischen Regenwald. Hier untersucht er eine der größten Höhlen des Kontinents, die »Höhle der Nachtvögel« (S. 72), in der nach Glauben

■ Entdeckung des Ultraschalls

der Eingeborenen die Toten wohnen. In dieser Höhle beobachtet Humboldt Vögel, die in absoluter Dunkelheit fliegen, und erkennt, dass sie sich durch Schallsignale orientieren.

Zurück in der Missionarsstation wird Humboldt von einer unbekleideten Eingeborenen überrascht, die ihn offensichtlich auf Anordnung des Gouverneurs als derber »Scherz unter Männern« (S. 75) verführen soll. Doch Humboldt zeigt nicht das geringste Interesse.

In einem langen Bericht schildert er seinem Bruder die Erlebnisse seiner bisherigen Forschungen und bittet diesen, den Bericht in einer Zeitschrift zu veröffentlichen. In einem weiteren Brief an den Philosophen Immanuel Kant eröffnet er diesem die Grundzüge einer »neuen Wissenschaft der physischen Geographie« (S. 78).

Die Sonnenfinsternis

Ungeduldig wartet Humboldt auf eine von ihm vorausberechnete Sonnenfinsternis, die es ihm ermöglicht, den »Ort […] für immer auf den Weltkarten« (S. 80) festzustecken, was ihm als Basis für die Vermessung der gesamten Region dienen soll. Bonpland, der Tags zuvor beim Angriff eines Einheimischen niedergeschlagen und stark verletzt wurde, hilft ihm trotz Schmerzen dabei. Die Bestimmung der Position gelingt und Bonpland und Humboldt planen als nächstes die Suche nach dem sagenumwobenen Kanal, der das Orinoko- und das Amazonasgebiet miteinander verbinden soll.

Die Zahlen (S. 81–99)

Das regelmäßige Siebzehneck

Eines Tages löst Gauß in den frühen Morgenstunden trotz kaum zu ertragender Zahnschmerzen eines »der ältesten Probleme der Welt« (S. 81); die Konstruktion eines regelmäßigen Siebzehnecks. Seine Entdeckung teilt er umgehend Professor Zimmermann mit, der sie kurze Zeit später unter seinem eigenen Namen veröffentlicht, denn »[e]s sei nicht üblich, daß Studenten schon publizierten« (S. 83).

Entscheidung für die Mathematik

Mit 19 Jahren entscheidet er sich, seine Forschung doch nicht der Philologie, sondern der Mathematik zu widmen. Da könne er »mehr leisten«, zum Beispiel »die Grundlegung der Arithmetik« (S. 86). Von da an begleiten ihn die Zahlen ununterbrochen, selbst bei seinen Besuchen von Prostituierten. Seine intensiven Forschungen lassen Gauß hin und wieder Zweifel kommen, ob »er nicht zu tief« in das Geheimnis der Zahlen eindringe, weil er auf Fehler stoße, »als hätte Gott sich Nachlässigkeiten erlaubt« (S. 88).

Kritik an Humboldt

Seine Doktorprüfung besteht Gauß mit dem höchsten Prädikat »*summa cum laude*« (S. 87). Während er auf seine Urkunde wartet, liest er voller Neugier Humboldts Bericht in den *Göttinger Gelehrten Anzeigen*, kritisiert jedoch, dass dieser die Wahrheit »irgendwo und nicht hier« (S. 87) suche.

Tätigkeit als Landvermesser

Da Gauß sein Studium beendet hat, der Herzog zudem verstimmt ist, weil Gauß nach Göttingen gegangen ist, wird sein Stipendium nicht verlängert. Gauß muss einen Gelegenheitsauftrag annehmen und als Landvermesser arbeiten.

Während seiner Vermessungstätigkeit trifft er zufällig auf zwei Mädchen, Johanna und deren Freundin Minna, denen er die Technik der Triangulation zu erklären sucht. Der Einwand von Johanna, dass diese Technik nur für eine Fläche, nicht aber für die Berechnung auf einer Kugel gelte, führt den überraschten Gauß zur Verbesserung der Messungen als Differentialoperation. Häufiger trifft Gauß nun in der folgenden Zeit auf Johanna, doch sieht er keine Möglichkeit, ihr näherzukommen.

■ Die *Disquisitiones Arithmeticae*

Als er sich durch einen überraschenden Einfall dem Ziel seiner Forschung nähert, verlässt er seine Wohnung nicht mehr und nimmt weder Post noch Besucher zur Kenntnis. Nach der Vollendung der *Disquisitiones Arithmeticae* begreift er, dass er mit Anfang zwanzig sein Lebenswerk vollendet hat, und ist sicher, dass er »nichts Vergleichbares mehr zustande bringen« (S. 92) kann.

■ Ablehnung durch Johanna

Er hält um die Hand von Johanna an, diese lehnt den Antrag jedoch ab, da sie befürchtet, in der Nähe von Gauß zur »Blässe und Halbwirklichkeit eines Gespensterdaseins« (S. 93) verurteilt zu sein.

Gauß, der schon mit Johannas Ablehnung gerechnet hat, beschließt, Immanuel Kant in Königsberg aufzusuchen.[2] Auf der Fahrt erfährt er, dass der Astronom Piazzi einen unbekannten Planeten ent-

2 Diese Reise ist erfunden.

deckt habe, jedoch dessen Laufbahn nicht berechnen könne.

Zusammentreffen mit Kant

Das Zusammentreffen mit Kant verläuft katastrophal. Gauß versucht, Kant von der Idee zu überzeugen, dass der euklidische Raum eine Fiktion sei, dass der Raum vielmehr »faltig, gekrümmt und sehr seltsam« (S. 96) sei. Doch er muss erkennen, dass Kant körperlich und geistig verfallen ist und ihm nicht mehr folgen kann.

Nach Braunschweig zurückgekehrt, macht er Johanna einen zweiten Heiratsantrag, plant aber zugleich seinen Selbstmord mit dem Gift Curare, das »[i]rgendein Forscher [...] über den Ozean gesandt« (S. 98) hat, da er an keine positive Antwort glaubt. Zu seiner Überraschung erhält er von Johanna diesmal eine Zusage.

Der Fluß (S. 101–142)

Humboldt und Bonpland besteigen vor ihrer Fahrt zum Orinoko den Caracas beherrschenden Doppelberg Silla. Hier finden sie versteinerte Muscheln, die Humboldt zu der Annahme veranlassen, dass »Kräfte aus dem Erdinnern [...] eine Auffaltung« (S. 101) der Erde bewirkt haben müssen.

In Caracas werden die beiden Forscher mit einem Konzert verabschiedet, das Bonpland zu Tränen rührt, während Humboldt gesteht, dass ihm »Musik nie viel gesagt« (S. 102) habe. Von Caracas aus begeben sich die beiden mit Maultieren über die weiten baumlosen Ebenen (Llanos) zum Orinoko.

Als Bonpland beim Baden in einem Teich durch den Stromschlag eines elektrischen Aals ohnmächtig zusammensinkt, erwacht das Interesse von Humboldt. Zusammen mit Bonpland experimentiert er tagelang unter Schmerzen mit den Stromschlägen der Aale. Beide erholen sich nur langsam von diesen Versuchen.

Experimente mit Zitteraalen

In San Fernando, einer Stadt am Rio Apure, einem Nebenfluss des Orinoko, kauft Humboldt ein Segelboot und stattet es mit Proviant und Gewehren aus. Zudem werden vier Einheimische als Begleiter und Ruderer rekrutiert, und auch ein streunender Hund, der Humboldt zugelaufen ist, kommt mit auf die Reise.

Im Dschungel begegnet Humboldt einem Jaguar, verzichtet aber auf die Jagd nach dem Tier, weil der Jaguar ihn auch nicht angegriffen hat.

An den gefährlichen Stromschnellen des Orinoko stoßen sie auf eine Missionarsstation von Jesuiten. Der Missionsleiter, Pater Zea, erzählt beim Abendessen von drei Mitgliedern der französischen Akademie, die durch Vermessungen Newtons Theorie widerlegen sollten, dass sich die Erde durch Rotation abplatte. Hitze, Feuchtigkeit und Moskitos hätten den drei Forschern so zugesetzt, dass zwei in den Urwald verschwunden seien. Nur einer, La Condamine, habe acht Jahre ausgehalten, bis er von der Akademie zurückbeordert worden sei, weil Newtons Theorie sich als stimmig erwiesen habe. La Condamine habe auf seiner viermonatigen Fahrt auf dem Amazonas jenen

Die französische Expedition

Kanal zwischen Orinoko und Amazonas gefunden, von dem schon »der verrückte Aguirre berichtet habe« (S. 117). Allerdings habe La Condamine später widerrufen, weil diese Entdeckung »den Kontinent in eine Unordnung [bringe], die seiner nicht würdig wäre« (S. 118). Humboldt ist nun sicher, dass er die Existenz dieses Kanals beweisen kann.

■ Leichenraub

Oberhalb der Missionsstation entdeckt Humboldt eine alte Grabhöhle mit Hunderten von Leichen, die in Körben aus Palmblättern aufbewahrt werden. Zusammen mit Bonpland nimmt Humboldt die Leichen eines Kindes und zweier Erwachsener an sich. Verständnislos bemerkt er, dass sie danach von den Indianern und den Jesuiten gemieden werden, auch die Ruderer sind abweisend.

■ Der Wahrsager

In der nächsten Mission treffen Humboldt und Bonpland auf einen Wahrsager, der Bonpland ein langes Leben, allerdings auf dem südamerikanischen Kontinent, vorhersagt, bei Humboldt jedoch nichts in dessen Hand erkennen kann. »Keine Vergangenheit, keine Gegenwart oder Zukunft« (S. 125).

■ Schlechter Erzähler

Auf der Weiterfahrt erreichen sie den Rio Negro, doch die Stimmung an Bord ist durch die Gegenwart der Leichen bedrückt. Als einer der Ruderer Humboldt auffordert, zur Unterhaltung beizutragen und etwas zu erzählen, gesteht dieser, dass er Erzählungen nicht mag, dafür aber das schönste deutsche Gedicht auf Spanisch wiedergeben könne: »Oberhalb aller Bergspitzen sei es still, in den Bäumen kein Wind zu fühlen, auch die Vögel seien ruhig, und bald werde man tot sein« (S. 128).[3] Dem überraschten Einwand, das könne doch nicht alles gewesen sein, entgegnet Humboldt, das sei natürlich »keine Geschichte über Blut, Krieg und Verwandlungen« (S. 128).

Auffindung des Kanals

Nachdem sie den magnetischen Äquator bei San Carlos überquert haben, erreichen sie tatsächlich den legendären Kanal zwischen Orinoko und Amazonas. Die ganze Nacht hindurch misst Humboldt die Position und mahnt am nächsten Morgen zur Eile, um an den anderen Endpunkt des Kanals zu gelangen.

Selbstversuche mit Curare

Nach mehreren Tagen erreichen sie eine Siedlung, in der das Gift Curare hergestellt wird. In Selbstversuchen stellen Humboldt und Bonpland fest, dass man Curare ohne weitreichende Folgen durch den Mund zu sich nehmen könne, dass jedoch schon eine geringe Menge im Blutkreislauf ausreiche, um ohnmächtig zu werden. Humboldt kauft dem Curaremeister alle Vorräte ab.

Verdacht auf Kannibalismus

Das Abendessen in der Missionsstation erregt Bonplands Misstrauen, weil er am Spieß einen Kinderkopf, kleine Hände und Füße zu erkennen glaubt. Der Missionar beruhigt ihn, es handle sich lediglich um Äffchen. Humboldt probiert, doch ist ihm nicht wohl dabei. Als Bonpland darauf beharrt, dass man Menschenfleisch verspeist habe, droht Humboldt zur

3 Ungewollte Parodie des bekannten Gedichts »Wandrers Nachtlied – Ein gleiches« von Goethe: »Über allen Gipfeln / Ist Ruh, / In allen Wipfeln / Spürest du / Kaum einen Hauch; / Die Vögelein schweigen im Walde. / Warte nur, balde / Ruhest du auch.«

Waffe zu greifen, falls jemals jemand behaupte, dass der »Patensohn des Herzogs von Braunschweig Menschenfleisch gegessen habe« (S. 134).

In den folgenden Tagen hat Bonpland hohes Fieber. Humboldt sieht ihn nachts häufig umherlaufen, einmal steht er neben seinem Bett und hält eine Machete in den Händen. Humboldt leugnet jedoch, dies tatsächlich gesehen zu haben, und behauptet, es sei ein Traum gewesen, denn »[e]r brauchte Bonpland. Er musste ihm vertrauen« (S. 135).

Vermessung des Kanals

Als sie endlich das Ende des Kanals erreichen und Humboldt die Position bestimmt hat, verkündet er, »jetzt erst […] existiere der Kanal wirklich« (S. 136). Nun werde es wirtschaftlich mit dieser Region aufwärtsgehen – Bonpland widerspricht entschieden.

Kurze Zeit überlegt Humboldt, von hier aus zu den bisher unentdeckten Quellen des Amazonas zu fahren. Doch die Gefahr, umzukommen und damit alle Forschungsergebnisse zunichtezumachen, bestärkt Humboldts Entschluss, umzukehren.

Auf der Rückfahrt erreichen sie zur Überraschung des Paters Zea wieder die Missionsstation an den Stromschnellen. Hier erfährt Humboldt, dass nahezu alle Stämme in dem zuvor bereisten Gebiet Menschenfresser seien. Zugleich warnt der Pater Humboldt und seine Reisegenossen vor dem Unmut der Einwohner über den Raub der Leichen und rät ihnen, rasch weiterzufahren.

Auf der Weiterfahrt geraten sie in ein Unwetter, vor dem Humboldt und Bonpland sich mit allen Gerätschaften, den Leichen und allen gefangenen Tieren auf eine Felseninsel flüchten. Ihr Boot jedoch wird mitsamt den Ruderern von einer Flutwelle fortgespült. Auf dem Felsen wartend, eröffnet Humboldt Bonpland seinen Zukunftsplan: die Klärung der Neptunismusfrage durch eine Untersuchung der Vulkane in den Kordilleren.

Neue Pläne

Die Sterne (S. 143–161)

Schlagartig wird Gauß berühmt, weil er die Umlaufbahn des von Piazzi entdeckten Planetoiden Ceres errechnet und sein Wiedererscheinen exakt vorhergesagt hat. Beim Empfang des Herzogs von Braunschweig macht dieser Gauß das Angebot, die neu zu errichtende Sternwarte in Braunschweig zu leiten. Vergeblich versucht Gauß, mit Blick auf seine Heirat und die Zukunft der Familie, einen Professorentitel mit doppeltem Gehalt herauszuschlagen.

Astronomische Meisterleistung

Als Direktor der geplanten Sternwarte gilt nun Gauß' ganzes Interesse der Astronomie. Sogar in der intimsten Phase der Hochzeitsnacht verlässt er das eheliche Bett, um eine Formel zu notieren, die Messfehler bei der Berechnung der Planetenbahnen korrigieren soll.

Als sein Förderer, der Herzog von Braunschweig, bei der Schlacht von Jena und Auerstedt tödlich verwundet wird, nimmt Gauß ein »Angebot aus Göttingen« an, wo man »ebenfalls ein Observatorium bauen« (S. 152) will. Sein Ärger darüber, dass die

Bauarbeiten sich verzögern, wird dadurch verstärkt, dass er in dieser Anstellung gezwungen ist, Vorlesungen zu halten. Seine Studenten scheinen ihm die dümmsten Menschen zu sein, die er je getroffen hat.

In Arbeit versunken

Gauß ist so in seine Forschungen vertieft, dass er kaum etwas von der Welt umher wahrnimmt: Vom Krieg gegen Frankreich hat er noch nichts gehört und auch die Geburt seines ersten Sohnes Joseph überrascht ihn. Einzige Auszeit nach der Übersiedlung nach Göttingen sind seine Besuche bei der Prostituierten Nina, von denen Johanna nie erfahren würde, »das hatte er sich geschworen« (S. 155).

Bei der Geburt seiner Tochter Wilhelmine versucht er, alles richtig zu machen.

Zusammentreffen mit Wilhelm von Humboldt

Mit dreißig Jahren beginnt Gauß ein Werk über die genaue Berechnung der Bahnen von Himmelskörpern. Um mit Bessel, seinem Mitarbeiter in Bremen, die Berechnungstabellen des Jupiter zu vergleichen, macht er sich widerwillig auf die Reise nach Bremen. Auch die viertägige Fahrt nach Weimar, um das dortige Theater zu besuchen, ist für Gauß, der unter Koliken leidet, unerträglich. Im Theater begegnet Gauß Wilhelm von Humboldt, den er mit einer abwertenden Äußerung über die Studien zur Sprachwissenschaft verstimmt und ihn zudem mit seinem Bruder Alexander verwechselt.

Als er aus Bremen zurückkehrt, erhält er das Angebot, statt der Leitung der Sternwarte, die wegen des Krieges nicht gebaut wird, wieder Landvermessungen im Königreich Westfalen durchzuführen. Wütend lehnt Gauß dies ab. Zu Hause angekommen, findet er seine Frau und sein drittes Kind im Sterben.

Der Berg (S. 163–180)

Am Fuße des Chimborazo (des mit 6267 m höchsten Berges Ecuadors), in Schnee und Kälte, versucht Humboldt mit Hilfe der Jupitermonde die Position zu bestimmen; währenddessen schreibt Bonpland am Vortag der Besteigung des Chimborazo auf Humboldts Rat einen Abschiedsbrief, in dem er die Ereignisse der vergangenen Wochen zusammenfasst. Kurz schildert er die Fahrt über den Magdalenenfluss, den Kampf der Hunde mit den Krokodilen, die Reise in die Kordilleren und die Besteigung des Pichincha. Dies alles noch immer mit Fieber, doch »die Träume, in denen er Baron Humboldt erwürge, zerhacke, erschieße, anzünde, vergifte [...] würden seltener« (S. 163). Weiter teilt er mit, dass man alle Aufzeichnungen, Pflanzensammlungen, die Leichen und die Präparate auf zwei Schiffen nach Frankreich gesandt habe, allerdings sei ein Schiff untergegangen. Genauere Details ihrer Route könne er nicht wiedergeben, »ihm verschwimme alles« (S. 165). In Santa Fé de Bogotá sei ihm zuletzt aufgefallen, dass jeder Alexander von Humboldt gekannt habe, von ihm sei jedoch nie die Rede gewesen.

■ Bonplands Abschiedsbrief

Vor dem Aufbruch zum Gipfel des Chimborazo übergeben Humboldt und Bonpland den indianischen Führern ihre Briefe, die sie im Falle ihres Todes der nächsten Jesuitenmission übergeben sollen. Drei Tage sollen die indianischen Begleiter auf sie warten.

Besteigung des Chimborazo

Der Aufstieg im Nebel gestaltet sich strapaziös, das Atmen fällt schwer, und nach einiger Zeit leiden beide an der Höhenkrankheit: Bonpland blutet aus der Nase, Halluzinationen stellen sich ein. Als Humboldt in einer Schneeverwehung versinkt, rettet Bonpland ihn, doch wenig später stehen beider Leben auf dem Spiel, als sie über eine Brücke gehen und feststellen, dass sich unter ihnen nur Schnee, aber kein Gestein befindet.

Schließlich verhindert ein unüberwindbarer Spalt den weiteren Aufstieg zum Gipfel. Mit Hilfe von siedendem Wasser und dem Barometer bestimmt Humboldt, dass sie die Höhe von 18 690 Fuß erreicht und damit den Höhenrekord gebrochen haben. Rasch machen sich die beiden Forscher auf den Rückweg, denn Humboldt ist sicher, dass sie die Nacht nicht überleben würden. Als sie schließlich die wartenden Indianer wiedertreffen, verlangt Humboldt seinen Abschiedsbrief zurück. In der Nacht schreibt er dann, gegen die Kälte unter einer Decke verborgen, zwei Dutzend Briefe, in denen er mitteilt, dass »von allen Sterblichen er am höchsten gelangt sei« (S. 180). Dann verliert er die Besinnung.

Der Garten (S. 181–194)

Zwischenzeitlich ist Gauß' Buch über Astronomie erschienen, von der Universität ist er beurlaubt. Nun muss er seine frühere Tätigkeit als Landvermesser wiederaufnehmen und ist als Leiter der staatlichen Messkommission unterwegs, sein Sohn Eugen, den er für »gefühlig und begriffsstutzig« (S. 191) hält, unterstützt ihn bei der Arbeit. Immer wieder gerät Gauß in Zorn über dessen Trägheit und Dummheit.

■ Leiter der staatlichen Messkommission

Sein Auftrag führt ihn zu einem Landadligen, auf dessen Grundstück Bäume und ein Schuppen das Vermessen behindern und beseitigt werden müssen. Obwohl es bereits spät ist, lässt er den Grafen von der Ohe zur Ohe wecken, um sich schließlich lediglich vorzustellen. Er will sich nicht länger »wie einen Domestiken behandeln« (S. 183) lassen. Bevor er über den Kauf der Bäume und des Schuppens verhandeln kann, wird er für die Nacht in dem weitläufigen Herrenhaus unter unwürdigen Umständen untergebracht.

■ Graf von der Ohe zur Ohe

Die Verhandlungen am folgenden Tag verlaufen positiv, da der Graf sich als Bewunderer der *Disquisitiones Arithmeticae* herausstellt und Gauß das Gewünschte kostenlos überlässt.

Die Hauptstadt (S. 195–214)

Nur durch Bestechung des Kapitäns gelingt es Humboldt, auf dem einzigen Schiff nach Acapulco mitgenommen zu werden. Humboldt stellt erste Messun-

■ Ankunft in Mexiko

gen für einen Atlas von Neuspanien an, denn dieser könne »das Geschick des Landes in eine günstige Richtung lenken« (S. 196).

Im Gebirge untersucht Humboldt die Vegetationszonen, den Luftdruck, vor allem aber die Gesteinsformationen im Innern der Berge. Bei der Inspektion der Silberminen in Taxco deckt Humboldt auf, wie gewitzt die Arbeiter gestohlenes Silber am Körper verstecken, zugleich schlägt er die Erneuerung der gesamten Anlage vor, da es zu viele Unfälle gebe.

In der Hauptstadt wird Humboldt von einer Abordnung des Vizekönigs empfangen und bei seinem ersten Gang durch die Stadt stößt er auf die Ausgrabungen aztekischer Tempel. Besonders ein riesiges steinernes Rad, das er sehr bald als Kalender identifiziert, zieht seine Aufmerksamkeit auf sich. Als Humboldt erfährt, dass man zur Einweihung des Tempels zwanzigtausend Menschen an einem Tag geopfert habe, weist er diese Aussage entschieden zurück, denn allein die »Ordnung der Welt vertrüge derlei nicht« (S. 202).

Der aztekische Kalenderstein

Beim gemeinsamen Abendessen mit dem Vizekönig, Mitgliedern der Regierung und dem Ururenkel des letzten Gottkönigs Moctezuma wird Humboldt nach seiner Meinung zu den Silberminen gefragt. Er kritisiert das ungeschulte Personal, die Diebstähle wie auch die eingesetzten Mittel und bemerkt zu spät die Betroffenheit des Leiters der Bergbauakademie Andres del Rio, eines ehemaligen Mitschülers Humboldts. Einen Antrag des Vizekönigs, Bergwerksminister Neuspaniens zu werden, lehnt Humboldt ab, da er als Preuße keinem anderen Staat dienen könne.

Treue zu Preußen

Bei der Besteigung des Popocatepetl und auch beim Besuch der Ruinen von Teotihuacan werden Humboldt und Bonpland von Schaulustigen begleitet, die jedoch bei den langwierigen Messungen das Interesse verlieren. Humboldt aber hat mit seinen Berechnungen erfasst, dass die Tempelanlage und die Stadt als Kalender angelegt waren. Die Paarung von »Zivilisation« und »Grausamkeit« (S. 208) in dieser Stadt aber entsetzt ihn und bestärkt seinen Entschluss, über Amerika nach Europa zurückzukehren. Zuvor jedoch untersucht er, auch hier begleitet von Schaulustigen, den Vulkan Jorullo, in dessen Krater er sich, zum Erstaunen der Begleiter, abseilen lässt und die Lehre des Neptunismus abschließend für widerlegt erklärt.

Untersuchung der Vulkane

Von Veracruz über Havanna führt der Rückweg der beiden Forscher samt ihres Gepäcks zunächst nach Philadelphia: »vierundzwanzig Käfige mit Affen und Vögeln sowie einige Glasschatullen mit Insekten«, außerdem »vierzehn Kisten mit Gesteins- und Pflanzenproben« (S. 210) Humboldts müssen nach Europa gebracht werden.

Vorbereitung der Rückreise

In Philadelphia erhält Humboldt vom amerikanischen Präsidenten Jefferson eine Einladung nach Washington. In einer privaten Audienz horcht Jefferson Humboldt nach Garnisonen der Spanier, der Größe der Armee und der Verwaltung in den von Humboldt besuchten spanischen Kolonien aus.

Audienz bei Jefferson

Der Sohn (S. 215–225)

Dieses Kapitel knüpft an die Ereignisse des ersten Kapitels an und spielt wieder in Berlin.

Während Humboldt schon seit den frühen Morgenstunden tätig gewesen ist, unter anderem Briefe verfasst, Versuche zum Erdmagnetismus angestellt und an seinem Reisebericht weitergearbeitet hat, erscheint Gauß am frühen Nachmittag nach 16 Stunden Schlaf missgelaunt, um zu frühstücken. Humboldt versucht, Gauß umständlich zu erläutern, warum er aus Paris wieder nach Berlin zurückgekehrt ist, Gauß jedoch stellt lakonisch fest, dass Humboldt wohl das Geld ausgegangen sei. Tatsächlich hat die Veröffentlichung der Dokumentation der Reise in 34 Bänden Humboldts Kapital aufgezehrt. Nun ist er als Kammerherr am Hof Friedrich Wilhelms in Berlin beschäftigt. Stolz berichtet Humboldt von seinem Ruhm in Frankreich, der den Verdruss Napoleons hervorgerufen habe, so dass er ihn sogar als preußischen Spion habe ausweisen wollen.

■ Humboldts Aufenthalt in Paris

Eugens mehrfache Frage nach dem Verbleib von Bonpland bleibt zunächst unbeantwortet, stattdessen brüstet Humboldt sich mit der besonderen Aufmerksamkeit des Zaren, dessen Einladung nach Moskau er aus politischen Gründen nicht folge, und mit der Wertschätzung Bolívars, der ihn als »wahren Entdecker Südamerikas« (S. 219) bezeichnet habe.

Das Gespräch mündet in Gauß' Klage über seinen unfähigen Sohn, der ein »mieser Wissenschaftler sei«

(S. 222). Er »habe nichts gelernt, könne nichts« (S. 222) und ließe sich zu Hause aushalten. Eugen verlässt daraufhin gekränkt den Raum. Erst jetzt beantwortet Humboldt Eugens Frage nach dem Verbleib von Bonpland. Der stehe in Paraguay unter Hausarrest, weil er sich bei einer der Revolutionen der falschen Seite angeschlossen habe.

Eugen, der missratene Sohn

Der Vater (S. 227–234)

Ziellos, unsicher und traurig irrt Eugen durch die Stadt. Zufällig trifft er auf zwei Studenten, denen er sich anschließt. Während sie an der von Wilhelm von Humboldt neu gegründeten Universität vorbeikommen, erfährt Eugen, dass man Alexander von Humboldt für einen »Franzosenknecht« (S. 228) hält, weil er, im Gegensatz zu seinem Bruder Wilhelm, während des Krieges gegen Napoleon in Paris geblieben sei und nicht zur Befreiung zu den Waffen gegriffen habe.

Die beiden Studenten nehmen Eugen mit zu einer konspirativen Versammlung von Burschenschaftlern. Die etwa fünfzig Studenten, deren gemeinsames Kennzeichen Stöcke und zum Teil auch schwarzrote Abzeichen sind, werden emotional aufgerüttelt durch die Rede eines Bärtigen, der die Ideen von Turnvater Jahn vorträgt: Es gelte, für das Vaterland gegen Fürsten, Franzosen und die Kirche zu kämpfen, und dazu müsse der Körper gestählt werden. Als die Versammlung durch vier Polizisten aufgehoben wird, hofft der

Turnvater Jahns Ideen

Bärtige vergeblich auf die Unterstützung der fünfzig Studenten. Auch Eugen muss erkennen, dass die revolutionäre Stimmung der Feigheit gewichen ist. Als die Gendarmen nach einiger Zeit Unterstützung erhalten, werden alle Teilnehmer der Versammlung zur Vernehmung abgeführt.

Der Äther (S. 235–250)

■ Humboldts Festvortrag

Humboldts Festvortrag, zu dem neben dem Kronprinzen und seiner Frau sowie Gauß die hochrangigen Persönlichkeiten Berlins gekommen sind, befasst sich mit Astronomie, Geologie, Vegetationszonen, Vulkanismus und den Meeresströmungen, wobei er den später nach ihm benannten Humboldtstrom besonders erwähnt. Zusammenfassend erklärt Humboldt, dass die Natur von den Pflanzen bis zu den Tieren eine kontinuierliche Entwicklung zeige. Der Mensch hingegen sei nicht Bestandteil einer derartigen Entwicklung, seine Vernunft sei vielmehr mit einem »Blitzschlag« (S. 238) zu vergleichen und stelle den »weitestmöglichen« Sprung in der Natur dar. Daher seien die Sklaverei ebenso wie die Idee, der Mensch stamme vom Affen ab, die größten Beleidigungen des Menschen. Wenn man nun noch das letzte Rätsel, die Kraft der Magneten, entschlüsselt habe, werde »der Kosmos […] ein begriffener sein« (S. 238), und das Zeitalter des Wohlstands werde hereinbrechen, vielleicht werde sogar eines Tages »das Problem des Todes« (S. 238) gelöst.

■ Rätsel des Magnetismus

Nach dem Vortrag äußert sich Daguerre, der neben Gauß gesessen hat, spöttisch über Alexander von Humboldt. Sein Reisebericht langweile die Leser, weil er Hunderte von Messergebnissen enthalte, jedoch keine interessanten Geschichten, außerdem »lachten [die jüngeren Wissenschaftler] über ihn« (S. 239). Im Hinausgehen teilt Gauß Daguerre die Lösung dessen Problems der Fixierung von Bildern auf einer Silberjodidplatte mittels Salzlösung mit – »ein wenig Verstand reiche« (S. 239). Daguerre bleibt sprachlos zurück.

■ Spott der Jüngeren

Gauß wird am Ausgang von einer wartenden Menge überrascht, jeder will ihm die Hand schütteln, auch Wilhelm von Humboldt begrüßt den Ehrengast. Erschöpft verlässt Gauß vorzeitig das Fest und sucht Humboldts Wohnung auf.

Als Humboldt heimkehrt, zeigt er sich verärgert über das Verschwinden von Gauß, schließlich habe der König auf ihn gewartet. In einem anschließenden Gespräch über Methoden und Ziele von Wissenschaft werden die unterschiedlichen Auffassungen beider Forscher deutlich. Als beide sich zur Nachtruhe begeben wollen, erhalten sie Eugens Nachricht, dass er in Schwierigkeiten sei. Nach kurzem Zögern ruft Humboldt den unwilligen Gauß auf, Eugen zu helfen. Noch sei dieser »in der Obhut der Gendarmen. […] Wenn sie ihn herausholen wollten, müsse es jetzt sein« (S. 250).

■ Nachricht von Eugens Verhaftung

Die Geister (S. 251–262)

■ Die spiritistische Sitzung

Humboldt und Gauß treffen den Kommandanten der Gendarmerie, Vogt, der für Eugens Bewachung zuständig ist, bei einer spiritistischen Sitzung. Er nimmt hieran teil, weil er auf diese Weise zu erfahren hofft, wo seine Großmutter das von ihm dringend benötigte Geld versteckt haben könnte. Humboldt verhandelt mit dem Gendarmeriekommandanten über eine unbürokratische Freilassung Eugens, als Gauß hinzutritt und den Kommandanten bezichtigt, nur auf Bestechungsgeld zu warten, bevor er behilflich sei. Als Gauß ihn mit Schimpfwörtern belegt, fordert Vogt ihn zum Duell, was Gauß zurückweist, denn er lasse sich nicht »von einem Stinkmolch totschießen« (S. 259). Damit ist die Freilassung Eugens verhindert.

■ Verhinderte Bestechung

Auf dem Rückweg unterhalten sich Humboldt und Gauß über die Möglichkeiten, die das Leben noch zu bieten habe. Gauß meint, »dies und das« sei noch von Interesse: »Magnetismus. Geometrie des Raumes« (S. 261). Humboldt entscheidet sich, eine Einladung nach Russland anzunehmen, da er noch nie in Asien gewesen ist.

Die Steppe (S. 263–293)

■ Alexanders Geständnis

Am Totenbett von Wilhelms Ehefrau gestehen sich die beiden Brüder Humboldt ihre privaten Schwächen, ihre Einsamkeit und Zweifel an ihren Erfolgen;

dabei bekennt Alexander auf Nachfragen seines Bruders indirekt seine pädophile Veranlagung.

Vor Alexander von Humboldts Abreise nach Russland befördert der preußische König ihn in einer Audienz zum »Wirklichen Geheimen Rat«. In einem sehr persönlichen Brief an seinen Bruder Alexander deutet Wilhelm von Humboldt ihre Leistungen als jeweils dem anderen geschuldet, ohne dass hier das Wort Rivalität zuträfe, sondern als »Leben in Verdoppelung« (S. 266) verstanden werden müsse.

Alexanders Reise durch Russland

Die Reise durch Russland führt zunächst über Königsberg, Tilsit und Dorpat nach Petersburg. Ein großer Tross von Mitarbeitern und überwachendem Militär begleitet Humboldt und weitere mitreisende Forscher. In Petersburg wird Humboldt vom Zaren empfangen und muss tagelang widerwillig an Empfängen zu seinen Ehren teilnehmen. Er erhält Reisegeld, eine festgelegte Reiseroute wird ihm zugeteilt, und mit Wehmut erinnert sich Humboldt daran, wie er sich in Südamerika völlig frei bewegt hat.

Der Erdmagnetismus

Währenddessen beschäftigt sich Gauß, wie er Humboldt in einer Karte mitteilt, mit dem Erdmagnetismus. In einer kleinen, fensterlosen Holzhütte misst er die kaum sichtbaren Ausschläge seiner Messnadel und denkt über ein Netzwerk von Messstationen in Russland nach.

In Moskau angelangt, muss Humboldt auch hier, obgleich das Wetter für eine Weiterreise günstig ist, an einer Vielzahl von Empfängen teilnehmen. Nach einigen Wochen Aufenthalt in Moskau hat sich der begleitende Tross vergrößert und erschwert die Weiterfahrt. In Nischnij Nowgorod vermisst Humboldt die Breite der Wolga, in Kasan führt er Magnetmessungen durch, doch insgesamt kommt Humboldt nur noch selten dazu, selbständig zu messen oder Boden- und Gesteinsproben zu sammeln. Die rasche Fahrt durch die Taiga und die Bewachung durch Soldaten verhindern seine Forschungen fast vollständig, dennoch vergrößert sich seine Sammlung, da man ihm überall schon beschriftete Pflanzen- und Gesteinsproben übergibt. An der chinesischen Grenze kehrt der gesamte Trupp wieder um. Humboldt erkennt: Weiter wird er nicht kommen (S. 289). Auf der Rückreise gibt er seinen Gedanken nach und versucht, das Schiff, das vom Kurs abgekommen ist, absichtlich falsch auf das Meer hinaus zu navigieren: »Einfach verschwinden, [...] am Höhepunkt des Lebens aufs Kaspische Meer fahren und nie zurückkommen« (S. 289). Doch sein Plan wird vereitelt.

■ Gauß' Wahrscheinlichkeitsberechnung

Derweil hat Gauß seine Arbeit an der Sterbestatistik wieder aufgenommen und berechnet – ausgehend von der »Glockenkurve der Wahrscheinlichkeit« (S. 281) – die Lebenserwartung seiner Umgebung. Mit Weber zusammen hat er eine neuartige Art der Kommunikation entwickelt: Mit elektrischen Impulsen senden sie sich Mitteilungen über größere Entfernungen zu.

■ Humboldts Zweifel an seiner Forschung

Zurück in Moskau zweifelt Humboldt an der Bedeutung seiner Entdeckungen. Hatte er bei der Bestimmung des Kanals zwischen Amazonas und Orinoko noch stolz gesagt, dass dieser erst jetzt nach seiner Vermessung existiere, so ist er nun der Meinung, dass die »Dinge sind, wie sie sind« (S. 291), ob man sie nun erkannt hat oder nicht. Wehmütig denkt er an seinen Begleiter Bonpland, dessen Brief er nach einem Jahr erhalten hat. Darin beschreibt dieser seine durch den Präsidenten eingeengte Existenz, die ihn hoffnungslos mache.

Als Humboldt »dreiundzwanzig Wochen« (S. 293) später nach Berlin zurückkehrt, überkommen ihn sogar im Vergleich mit Gauß Zweifel, »wer von ihnen weit herumgekommen [...] und wer immer zu Hause geblieben« (S. 293) sei.

Der Baum (S. 295–302)

Nach seiner Verhaftung muss Eugen ein Verhör über sich ergehen lassen, bei dem er bewusstlos geschlagen wird. Dann aber wendet sich sein Schicksal; Humboldt ist es gelungen, ihm zur Ausreise nach Amerika zu verhelfen. Wortkarg verabschiedet sich sein Vater von ihm.

■ Eugens Reise nach Amerika

Von London aus nimmt Eugen auf Anraten von Humboldt ein Dampfschiff, das wegen einer Kursabweichung auf Teneriffa Brennstoff nachladen muss. Bei einem Gang über die Insel stößt Eugen auf eine Gedenkplatte, die an Humboldt erinnert, und auf den Drachenbaum, den dieser viele Jahre zuvor berührt hat und der nun im Andenken an Humboldt besonders eingefasst ist.

Schließlich erreicht Eugen Amerika.

3. Figuren

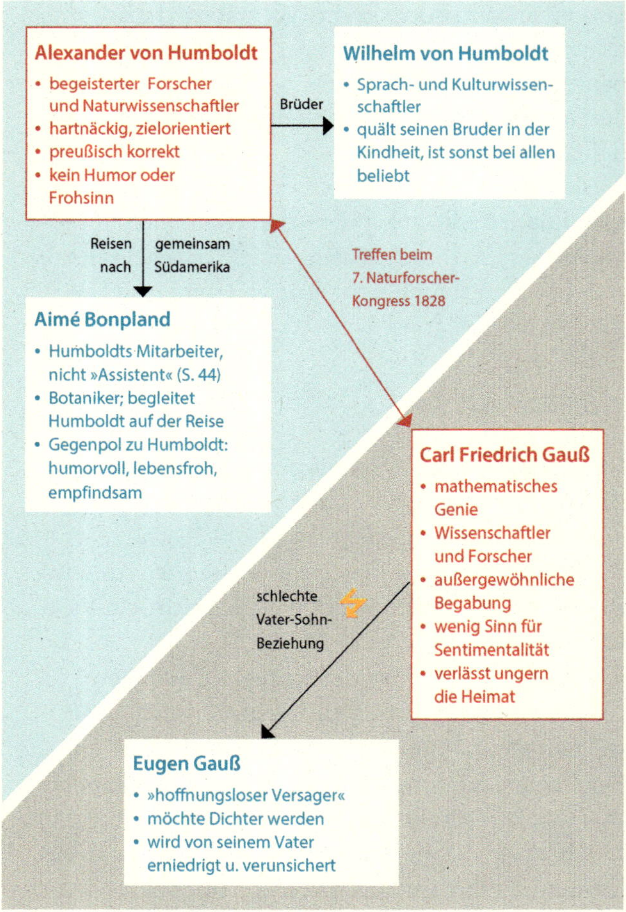

Abb. 1: Figurenkonstellation

Carl Friedrich Gauß

Der Beginn des Romans zeigt Carl Friedrich Gauß, den »größte[n] Mathematiker des Landes« (S. 7), als kindischen und launischen Alten, der sich im Bett versteckt, um der Einladung von Alexander von Humboldt nach Berlin nicht folgen zu müssen, und der erst Vernunft annimmt, als seine uralte Mutter ihm aufmunternd wie einem Kind in die Backe kneift. Im Verlauf des Romans zeigt sich, dass Gauß – im Gegensatz zu Alexander von Humboldt – jede Reise als strapaziös und unnötig empfindet. Die Mathematik erlaubt es ihm, Probleme nur durch Nachdenken zu lösen (S. 151).

Gauß' Herkunft

Gauß stammt aus ärmlichen Verhältnissen und wohnt als Kind im »ärmste[n] Viertel Braunschweigs« (S. 55). Der Vater ist Gauß vor allem mit seinen Klagen, Befehlen und dem Hinweis darauf, dass ein Deutscher »nie krumm sitze« (S. 54) in Erinnerung geblieben. Seine Mutter, die weder lesen noch schreiben kann, liebt Gauß dagegen seit Kinderzeiten abgöttisch.

Gauß ist schon als Kind immer wieder erstaunt über die Trägheit (S. 54), mit der seine Umwelt denkt und spricht. Seine schnelle Auffassungsgabe erlaubt es ihm, noch vor Schulbeginn in wenigen Stunden selbständig lesen zu lernen. Als er dies seiner Mutter beibringen will und diese resigniert den Kopf schüttelt, stellt er enttäuscht fest, dass auch sie, wie alle anderen, nicht denken will.

Schulzeit

Schon in der Grundschule fällt Gauß mit seiner außergewöhnlichen Begabung für mathematische Aufgaben auf, er löst die Summation der arithmetischen Reihe von 1 bis 100 in kürzester Zeit im Kopf. Sein Lehrer, Büttner, erkennt rasch die Genialität des jungen Gauß, vermittelt ihm zunächst einen 17-jährigen Mathematikstudenten, Martin Bartels, und eröffnet dem Jungen die Möglichkeit, das Gymnasium zu besuchen.

Trotz seiner überragenden Erfolge in Astronomie, Zahlentheorie und Geometrie bleibt der junge Gauß zurückhaltend und fällt anfangs durch seine einfache Sprache, etwa gegenüber dem Herzog von Braunschweig, auf. Dieser lässt Gauß ein Stipendium zukommen, obgleich er enttäuscht ist, dass der geniale junge Mathematiker nicht mit Rechenkunststücken glänzen kann.

Ununterbrochene geistige Tätigkeit

Was jedoch keiner in der Umgebung von Gauß ahnt, ist dessen ununterbrochene geistige Tätigkeit und intensive Beobachtung sowie Kombinationsfähigkeit. So erkennt Gauß während des Besuchs beim Herzog schlagartig, dass Kerzen keinen Lichtstoff verbrennen, sondern Sauerstoff. Doch wie in vielen anderen Fällen teilt er seine Erkenntnisse niemandem mit, einerseits, weil ihn niemand danach fragt, zum anderen, weil viele Feststellungen ihm so banal erscheinen, dass sie »bald einem anderen einfallen« (S. 68) würden.

Fahrt mit dem Heißluftballon

Die Fahrt mit einem Heißluftballon eröffnet Gauß eine völlig neue Perspektive auf den Raum, der sich ihm in diesem Augenblick zunächst als allmähliche Verkleinerung der Wirklichkeit zeigt. Dann aber sieht Gauß in geometrischer Abstraktion »eine Gerade von jedem Punkt zu jedem«, und es entstehen aus »Punkten Linien, aus Linien Flächen und aus Flächen Körper« (S. 66), letztlich erfasst Gauß, dass »alle parallelen Linien einander berührten« (S. 67). Zugleich hat er, als er vom Ballon aus die untergehende Sonne beobachtet, die Eingebung, dass es eine allgemeine Formel geben müsse, die alle Bewegungen der Planeten erfassen könne.

Studium der Mathematik

Mit 19 Jahren entschließt sich Gauß gegen das Studium der klassischen Philologie und für das Studium der Mathematik (S. 85). Von diesem Augenblick an lassen ihn Zahlen nicht mehr los, sie »begleiteten ihn immer« und er hatte das Gefühl, sie brachten die Wirklichkeit »näher heran, machten sie klarer und deutlicher wie nie« (S. 86).

Mathematische Forschung

Gauß entwickelt in erstaunlicher Geschwindigkeit ein grundlegendes Werk zur Arithmetik, dabei überkommt ihn gelegentlich das Gefühl des Unerlaubten, als dringe er zu tief in das Gefüge der Zahlen ein und entdecke dabei Schöpfungsfehler. Als er mit zwanzig Jahren das grundlegende Werk, die *Disquisitiones Arithmeticae*, vollendet hat, ahnt er, dass er seinen geistigen Zenit überschritten hat und nie wieder etwas »Vergleichbares« (S. 92) schaffen werde. Schon wenige Wochen später hat er Schwierigkeiten, seine eigenen Berechnungen zu verstehen (S. 151).

Immer wieder bedauert Gauß, in seiner Zeit leben

Zukunftsvisionen

zu müssen, und stellt Überlegungen zur Zukunft an, in der seine Erkenntnisse überholt und die Technik weit vorangeschritten sein werde: So könne man bald, schnell wie ein Projektil, in kurzer Zeit von Göttingen nach Berlin fliegen (S. 9), und es werde dann »jeder fliegen, als wäre es normal, aber dann würde er tot sein« (S. 66). Auch weiß er um den medizinischen Fortschritt, und ärgert sich, nicht in einer Zeit zu leben, in der es »Mittel gegen den Schmerz geben würde und Ärzte, die diesen Namen verdienten« (S. 84).

Wenig Privatleben

Neben den Zahlen bleibt kaum Zeit für Privates, obwohl Gauß Frauen gegenüber nicht abgeneigt ist. Öfter besucht er Prostituierte, ist bei ihnen bekannt und erhält Rabatt, »weil er jung war, gut aussah und Manieren hatte« (S. 86). Er verspricht seiner Lieblingshure Nina sogar, sie zu heiraten. Wenig später aber lernt er Johanna kennen und macht ihr einen Antrag – den sie ablehnt. Dem Logiker und Vernunftmenschen Gauß überrascht das nicht, er »hatte genau diese Entscheidung [...] erwartet« (S. 93).

Generell ist Gauß jegliche Art von Eitelkeit zuwider. Zugleich zeigt er einen völligen Mangel an Zurückhaltung und Beachtung von konventionellen Höflichkeiten. Wilhelm von Humboldt gegenüber bemerkt Gauß beispielsweise, dass dessen Forschungsgebiet, die alten Sprachen und die Sprachwissenschaft, etwas für Leute sei, »welche die Pedanterie zur Mathematik hätten, nicht jedoch die Intelligenz« (S. 159).

Einen Gleichgesinnten, der seinen Ausführungen

tatsächlich folgen kann, hofft er in dem Mann zu finden, der »die Welt mehr über Raum und Zeit gelehrt habe als irgendein anderer« (S. 96) – dem von ihm bewunderten Immanuel Kant. Doch sein Besuch in Königsberg wird zu einem enttäuschenden Erlebnis. Während Gauß sich bemüht, dem greisen Kant seine neuen Erkenntnisse über Euklid und über Kants Aussagen zum Raum mitzuteilen, erweist sich Kant als geistig völlig verwirrt. Die Reise, von Gauß sowieso als Tortur wahrgenommen, hat sich nicht gelohnt.

Besuch bei Kant

Zurück in Braunschweig schreibt er Johanna einen zweiten Antrag, bereitet aber, in Erwartung einer weiteren Absage, seinen Suizid vor. Den Höhepunkt seines Daseins glaubt er mit Verfassen der *Disquisitiones Arithmeticae* schon erlebt zu haben, nun bleibt ihm bloß noch sein »Verstand, der fast alles Menschliche unmöglich macht« und »Jahre in Mittelmäßigkeit, Broterwerb auf entwürdigende Art, Kompromisse, Furcht und Ärger, [...] Schmerzen an Leib und Seele« (S. 98). Johannas Zusage hält ihn in letzter Sekunde zurück, das Glück ihrer gemeinsamen Zukunft kann er jedoch nur als »Rechenfehler« verstehen, »von dem er nur hoffe, keiner werde ihn aufdecken« (S. 148).

Weltfremd

Besessen von seinen Berechnungen und Forschungen nimmt Gauß seine nähere Umgebung kaum wahr: Er ist vertieft in die Welt der Mathematik, widmet sich ebenfalls der Astronomie und erlangt auch in diesem Bereich große Berühmtheit. Das Angebot, Direktor eines neuen Observatoriums in Göttingen zu werden, nimmt er an, und so zieht die Familie in das von Napoleon besetzte Westfalen. Auch dort ist Gauß so in Arbeit vertieft, dass er kaum etwas anderes mitbekommt. Sogar die Schwangerschaft seiner Frau Johanna nimmt er nur vage wahr und wird von der Geburt seines ersten Sohnes völlig überrascht.

■ Johannas Tod

Der Tod Johannas im Kindbett bei Geburt ihres dritten Kindes trifft Gauß im Innersten, doch ist ihm sofort klar, dass er, lebensuntüchtig wie er ist, wieder heiraten muss, um seine Familie versorgt zu wissen. Angesichts des Todes seiner Frau verliert er auch die Zuversicht in seine beruflichen Zukunftsvisionen.

Wegen des Krieges verzögert sich der versprochene Bau der Sternwarte in Göttingen, und Gauß ist gezwungen, wieder als Landvermesser des Königreichs Westfalen zu arbeiten. Insgeheim gesteht er sich ein, dass er dies vor allem auch tut, weil er seine zweite Frau Minna nicht ausstehen kann (S. 193).

■ Bereicherung durch Wechselkurse

Bei der Vermessungstätigkeit zeigt sich einerseits die pedantische Genauigkeit von Gauß, andererseits aber auch eine geschäftsmäßige Schlitzohrigkeit. Gauß setzt seine mathematischen Kenntnisse sehr praktisch ein, um bei Abrechnungen die Währungsunterschiede zu seinen Gunsten zu nutzen (S. 187 f.). So versteht Gauß auch im Unterschied zu dem in dieser Hinsicht begriffsstutzigen Humboldt sofort, dass der Gendarmeriekommandant Vogt bestochen werden will, um Eugen freizulassen. Während Humboldt nicht glauben kann, dass ein hoher preußischer Beamter bestechlich sein könnte, beschimpft Gauß diesen lautstark in der Öffentlichkeit als »Kotkerl«

und »Scheißzwerg« (S. 258). Er verhindert damit allerdings, dass Eugen freikommt.

Während Humboldt durch Russland reist und Gauß bedauert, weil dieser »nie etwas von der Welt gesehen« (S. 276) habe, bedauert Gauß zur gleichen Zeit Humboldt, der auf seiner Reise durch Russland keine eigenen Entscheidungen über die Route und die Aufenthaltsorte treffen kann. Zudem beweist Gauß wieder einmal mit seinen Messungen des Erdmagnetismus vor Ort, dass man nicht in die Ferne reisen müsse, um die »Natur [zu] verstehen« (S. 272).

Gauß überfällt am Ende seines Lebens Resignation, und er sieht seine eigenen Forschungen in Gedanken schon überholt. Zugleich erlebt er nun im Alter erstmals das Gefühl des Ehrgeizes – erst jetzt, wo er langsamer wird, macht es Sinn, sich mit anderen zu vergleichen. Anders als Humboldt, der unentwegt an seine Bedeutung für die Nachwelt denkt und durch Berichte und Vorlesungen für seinen Ruhm und Nachruhm sorgt, bedauert Gauß, eine Vielzahl seiner Forschungsergebnisse nicht veröffentlicht zu haben. Zeitlebens hatte er es abgelehnt, für ihn naheliegende Ideen für sich zu beanspruchen, und hatte sie lieber »den Dummköpfen« (S. 281) überlassen. Nun sieht er mit Betrübnis, dass diese von anderen veröffentlicht werden und dass man ihn für einen Angeber hält, wenn er äußert, dass ihm diese Einsichten nicht neu seien (S. 273).

Aufkommender Ehrgeiz

In seinen letzten Jahren beschäftigt sich Gauß verstärkt mit Wahrscheinlichkeitsrechnungen und Sterbestatistik. Im Gespräch mit Humboldt zieht er den Schluss, dass der Glaube an individuelle Entscheidungen eine Selbsttäuschung sei: »Erst die Mathematik zeige einem, dass man immer die breiten Pfade genommen habe« (S. 219). Die Naturgesetze seien es letztlich, die den Menschen beherrschten. Mit Hilfe seiner Glockenkurve (S. 281) berechnet er die Todeswahrscheinlichkeit seiner Umgebung und scheint damit auf dem Wege zu sein, den Zufall, »den Feind allen Wissens« (S. 13), zu besiegen.

■ Gauß'sche Glockenkurve

Doch bei aller Logik äußert Gauß auch Gedanken, die irrational sind: So erklärt er seinem Sohn, er halte es für möglich, dass die Gesetze der Physik Ausnahmen wie Gespenster und Übertragung von Gedanken (S. 13) erlaubten. Er selbst glaubt an Geister (S. 184) und hofft sogar, mittels Technik mit seiner verstorbenen Frau Johanna Kontakt aufnehmen zu können: »Wie viele Stunden hatte er vor dieser Empfangsanlage auf ein Zeichen von ihr gewartet? […] Wenn Tote sich von Mädchen im Nachthemd heran- und zurückholen ließen, weshalb verschmähten sie diese erstklassige Vorrichtung?« (S. 282). Seine anhaltende Trauer um seine erste Frau zeigt, dass Gauß kein rein rationaler Mensch, sondern auch zu tiefen Empfindungen fähig ist.

■ Glaube an das Mystische

Eugen

Der körperlich angegriffene Gauß wird auf seinen Reisen zur Vermessung des Königreichs Westfalen von seinem Sohn Eugen begleitet. Was dieser an körperlicher Gesundheit mitbringt, mangelt ihm, seinem Vater zufolge, an geistiger Auffassungsgabe. Mit Strenge und Willkür behandelt er seinen Sohn und nutzt jede Gelegenheit, um ihn zu beleidigen und vor anderen herabzuwürdigen. Er bezeichnet ihn öffentlich als »Versager« (S. 8) und »hoffnungslos« (S. 252). Auch die schriftstellerischen Ambitionen des Sohnes sind für den rational denkenden und den schönen Künsten abgeneigten Gauß nicht nachvollziehbar. Vor Humboldt macht er sich über die miserable Qualität der Gedichte Eugens lustig, bezeichnet ihn als unfähigen Mathematikstudenten und vergleicht ihn wenig später abfällig mit dem 24-jährigen Physiker Weber aus Halle, der »ihm besser [...] gefalle« (S. 252), und den er protegieren werde.

■ Eugen als Kontrastfigur

■ Hoffnungsloser Versager

Vom Vater wegen jeder Kleinigkeit geohrfeigt und verspottet, muss Eugen »Kränkung und Wut« (S. 9) unterdrücken und bietet schließlich tatsächlich das Bild eines lächerlichen Begleiters seines Vaters, der sogar von einer Ziege gebissen wird.

Schon in Göttingen hat sich Eugen mit den Ideen von Jahn und seiner Schrift von der *Deutschen Turnkunst* beschäftigt. Im Gegensatz zu seinem Vater sympathisiert Eugen mit der Freiheitsbewegung, die Gauß als »Bewegung von Eseln« (S. 221) bezeichnet.

■ Suche nach Idealen

Dennoch ähnelt Eugen in seiner politischen Unwissenheit seinem Vater, denn er hat nicht mitbekommen, dass es in Göttingen »hoch her« (S. 228) geht, dass Wilhelm von Humboldt in Berlin eine Universität gegründet hat, die der Staat fürchtet »wie die Hölle« (S. 228), und dass Wilhelms Bruder, Alexander von Humboldt, als Vaterlandsverräter und »Franzosenknecht« (S. 228) gilt.

Die konspirative Burschenschaftsversammlung

Eben diese Unwissenheit bringt Eugen später in große Schwierigkeiten: Orientierungslos, deprimiert und verunsichert vom großstädtischen Leben irrt Eugen durch Berlin und gerät zufällig in eine konspirative Versammlung von studentischen Anhängern der deutschnationalen Ideen Jahns. Hier glaubt Eugen sich erstmals unter Gleichgesinnten, die – wie er – die Ideen des Turnvaters Jahn mit Begeisterung aufnehmen, im Gegensatz zu seinem Vater, der im Körperlichen »die Quelle aller Erniedrigung« (S. 10) sieht. Der Redner, der mit seinen Ansichten und mit seiner Gestik den Turnvater Jahn zu imitieren sucht, verkündet den Sieg des körpergestählten deutschen Mannes über das feudale System. Die ekstatische Begeisterung von Eugen und den anderen Zuhörern erlischt sofort, als vier Polizisten den Raum betreten. Trotz ihrer Übermacht verhalten sich die fünfzig anwesenden Studenten ruhig, bis Verstärkung eingetroffen ist und alle verhaftet werden. Auch Eugen erkennt, »daß er zu feige« (S. 234) ist.

Eugens Abschiebung

Der intensiven Bemühung Humboldts ist es schließlich zu verdanken, dass Eugen freikommt, jedoch unfreiwillig in Verbannung geschickt wird. Kühl und ohne große Emotionen verabschiedet sich Gauß von seinem Sohn, der schmerzhaft erkennen muss, dass sein Vater »vieles geliebt [hat], bloß nicht ihn« (S. 300). Tatsächlich hat Gauß wenig Bemühungen gezeigt, um zu der Befreiung seines Sohnes beizutragen. Auch nach seiner Abreise hört Eugen »[v]on seinem Vater kein Wort« (S. 298), es ist Humboldt, der ihm in einem Brief Ratschläge mit auf den Weg gibt.

Die Wandlung

Auf der Fahrt nach Amerika macht Eugen eine Wandlung durch; er wirkt nun, dem prüfenden Blick seines Vaters entzogen, freier und selbstsicherer, fühlt sich nicht mehr als Kind und zeigt sogar Züge seines Vaters, denn plötzlich kann er sich problemlos an in der Kindheit Gelerntes erinnern und ihm fällt auf, dass die Menschen langsam denken und »immer so lange brauchten, um zu antworten« (S. 299).

Bei einem Zwischenstopp auf Teneriffa trifft Eugen auf die Spuren von Humboldt, doch die vielen neuen Pflanzen, die er hier entdeckt, interessieren ihn nicht, und der alte Drachenbaum, den Humboldt vor Jahren mit Tränen in den Augen zärtlich berührt hatte (S. 47), ist für ihn nur noch ein museales Naturdenkmal, das an Humboldt erinnert.

Eugens Zukunft

Eugens weiterer Lebensweg zeichnet sich schon auf dem Schiff ab: Er wird voraussichtlich die Schwester eines Iren, den er auf der Überfahrt kennengelernt hat, heiraten und mit diesem eine Firma gründen. Ihm öffnet sich also Amerika mit all seinen Möglichkeiten, und er lässt die alte Welt mit ihren einengenden Bindungen zurück.

Die Brüder Humboldt

Schon früh zeigen sich die Unterschiede der beiden Brüder Alexander und Wilhelm von Humboldt. Es ist ein »Brüderpaar, [...] in welchem sich so recht die Vielfalt menschlicher Bestrebungen ausdrücke« (S. 19). Alexander ist schwächlich und spricht nicht viel, seine schulischen Leistungen sind »mittelmäßig« (S. 20). Ihn interessieren eigentlich nur die Naturwissenschaften; so sammelt er beispielsweise Käfer und ordnet sie nach einem eigenen System, und mit neun Jahren baut er Franklins Blitzableiter nach. Der ältere Bruder Wilhelm hingegen ist ein fleißiger Schüler, sprachbegabt und scheint nie Fehler zu machen.

■ Das Erziehungsprojekt

Entsprechend dem experimentellen Erziehungsprogramm, das Kunth, der Privatlehrer der beiden Brüder, den Worten Goethes (S. 19) entnehmen zu können glaubt, erhält Alexander privaten Unterricht von hervorragenden Wissenschaftlern in »Chemie, Physik, Mathematik«. Wilhelm hingegen wird in »den älteren Sprachen und Literatur« (S. 20) geschult. Die Entscheidung fällt per Münzwurf.

■ Wilhelms sadistische Seite

Auch äußerlich unterscheiden sich die Brüder. Wilhelm sieht aus »wie ein Engel« (S. 20) und ist bei allen beliebt: »Wer immer ihn traf, wußte sich vor Begeisterung kaum zu fassen« (S. 20). Kein Mensch würde ihm etwas Schlechtes zutrauen. Doch Alexander bekommt Wilhelms sadistische Seite zu spüren. Wilhelm sperrt seinen kleinen Bruder in einem entlegenen Schrank ein, streut Rattengift auf sein Essen und beobachtet regungslos, wie Alexander im Eis einbricht und beinahe ertrinkt. Das darauffolgende schwere Fieber überwindet Alexander, offenbar hilft ihm die unbewusst wahrgenommene Aufforderung des Arztes, er müsse »nur durchhalten« (S. 25). Von diesem Augenblick an verbessern sich Alexanders Leistungen schlagartig, als sei damit auch sein Lebensmotto ausgesprochen.

Inspiration

Inspiriert von den Erzählungen seines Lehrers Kunth über Aguirre, der in einer an Wahnsinn grenzenden Fahrt den Orinoko befahren haben soll, fasst Alexander den Entschluss, diese Gegend, für die es keine zuverlässigen Karten gibt, zu bereisen (S. 22).

Mit großer Energie und ungeheurem Fleiß beendet Alexander in kurzer Zeit sein Studium und betreibt nebenbei noch intensive praktische Forschungen im Bergbau. Er ist so rastlos, dass er selbst glaubt, den Verstand zu verlieren (S. 31), und wird kurze Zeit später zum verlässlichsten Bergwerksinspektor Preußens (S. 31). Ein Nebeneffekt seiner Anstrengungen ist die Kräftigung seines schwächlichen kleinen Körpers, was Bonpland später am überraschend kräftigen Händedruck Alexanders spürt.

Forschungsdrang

Nach dem Tod seiner Mutter, der ihn innerlich beglückt, weil er nun von allen Verpflichtungen befreit ist, bereitet Alexander mit ungewöhnlicher Präzision eine Expedition vor, deren Ziel er noch nicht festgelegt hat. Er kauft in Salzburg die besten Geräte, die es gibt (S. 37), und vermisst zur Übung ein Jahr lang die Umgebung der Stadt.

Durch Zufall trifft Alexander auf den 25-jährigen

Botaniker Bonpland und vermag diesen mit seinem Enthusiasmus für eine Zusammenarbeit zu begeistern. Schon auf der Reise durch Spanien misst Alexander jeden Berg, denn, so belehrt er Bonpland, ein »Rätsel, wie klein auch immer, lasse man nicht am Wegesrand« (S. 42). Mit derselben Gründlichkeit und Exaktheit untersucht und vermisst er im Verlauf seiner fünfjährigen Forschungsreise in Süd- und Mittelamerika alles, was ihn umgibt: die Temperatur des Bodens und des Meeres, die Höhe der Berge, die Strömung der Flüsse, die Intensität der Himmelsbläue, die magnetischen Kräfte und die elektrischen Spannungen. Er fertigt präzise Karten der besuchten Gebiete an, denn er ist überzeugt, dass es den »Raum an sich erst dort [gebe], wo Landvermesser ihn hintrügen« (S. 115); zudem glaubt er fest daran, dass seine Karten den wirtschaftlichen Fortschritt selbst in abgelegenen Gebieten (S. 136) erlaubten. Mit demselben Enthusiasmus sammelt und zeichnet Alexander Gesteine, Tiere, Pflanzen und sogar Tote. Bei aller Detailarbeit geht es Humboldt um die Idee eines ganzheitlichen Zusammenhangs der Natur, so wie das »System der Ströme […] die Erdteile zur wirkenden Einheit« (S. 237) verbinde.

■ Vermessungsmanie

■ Fortschrittsglaube

Sein enormer Enthusiasmus lässt ihn auch vor Selbstversuchen nicht zurückschrecken: Alexanders Meinung nach kann nur derjenige tiefere Erkenntnis des Lebens und der Natur erlangen, der Schmerzen überwindet (S. 33), und so versucht er, Schmerzen in Selbstversuchen – etwa mit galvanischen Experimen-

■ Selbstversuche

ten (S. 31 ff.) – zu unterdrücken. Dieselbe Härte gegen sich selbst verlangt er später auch von Bonpland, etwa bei Versuchen mit Zitteraalen. Was Alexander unheimlich erscheint, versucht er durch genaue Untersuchung zu bezwingen und zu systematisieren (S. 30). Hieraus schöpft er auch einen Teil seiner psychischen und physischen Kraft, mit der er alle Widerstände seiner Südamerika-Expedition überwindet.

■ Triebunterdrückung

Diese Kraft braucht er auch, um das eigene Wesen kontrollieren und Begierden unterdrücken zu können. Seine pädophile Veranlagung, die sein Bruder offenbar schon früh erkannt hat, unterdrückt Alexander energisch. Zugleich fehlt ihm aber auch jedes Verständnis für Sexualität, etwa für Bonplands sexuelle Abenteuer, die er diesem strikt verbieten will, denn »der Mensch sei kein Tier« (S. 48). An eine Verbindung mit einer Frau ist nicht zu denken und er empfindet dies auch in keiner Weise als reizvoll. Schon früh äußert er, dass Heirat nur etwas für denjenigen sei, der »nichts Wesentliches im Leben vorhabe« (S. 30).

Im Gegensatz zu den Pflanzen und Tieren hat der Mensch nach Humboldts Einschätzung eine einzigartige Entwicklung hinter sich; er habe keine stufenweise Entwicklung durchgemacht, sondern stelle einen Sprung, einen »Blitzschlag der Vernunft« (S. 238) im Entwicklungsgang dar. Aus dieser Einstellung heraus lehnt Humboldt jede Art von Unfreiheit des Menschen ab und steht damit Kants Freiheitsidee in der *Kritik der praktischen Vernunft* (1788) nahe. Alexan-

■ Nähe zu Kants Freiheitsidee

der kauft Sklaven frei, die allerdings mit ihrer Freiheit nicht viel anfangen können (S. 70 f.), er lehnt es ab, sich von einheimischen Trägern in den Kordilleren tragen zu lassen (S. 165), was diese wiederum verstimmt. Bei einem Vortrag bezeichnet er öffentlich Sklaverei als die zweitgrößte Beleidigung des Menschen (S. 238), und schließlich spricht er bei einem Galadiner Jeffersons vom »Alpdruck der Sklaverei« (S. 212). Wie brüchig jedoch diese humane Idee ist, zeigt sich, als Humboldt mit ansieht, wie zwei Eingeborene ausgepeitscht werden, und er Bonpland erklärt, nichts machen zu können, denn man wolle weiterfahren. Auch als Bonpland die näheren Umstände von der Vernichtung eines Indianerstammes durch Missionare erfahren will, wiegelt Humboldt das Gespräch ab und sagt entschuldigend zum Missionsleiter, niemand habe etwas kritisieren wollen (S. 119).

Opportunismus

Humboldts opportunistische Haltung, mit der er seine Forschung über die von ihm vertretenen Menschenrechte stellt, zeigt sich auch in seiner Loyalität gegenüber König Friedrich Wilhelm und dessen Schwiegersohn, dem Zaren. Zwar hatte Humboldt Eugen bei einem Gespräch noch vage zugestimmt, dass die Regierung des Zaren die »schlimmste Despotie der Welt« (S. 218) sei, doch verpflichtet er sich dann, über die wirklichen Verhältnisse »der unteren Volksklassen« (S. 264) in Russland zu schweigen und sich nur mit der Natur zu beschäftigen.

Auch die beherrschte, unterkühlte Art, mit der Humboldt seine Berühmtheit zur Kenntnis nimmt, ist nur der Unterdrückung seiner narzisstischen Gefühle geschuldet. So bittet er in jedem Brief seinen Bruder Wilhelm, er möge seine Briefe in die Zeitung bringen, denn die Welt solle von ihm erfahren, und er unterstreicht seine Selbsteinschätzung mit dem Zusatz: »Ich müßte mich sehr irren, wenn ich ihr gleichgültig bin« (S. 51). Ebenso verräterisch ist auch sein Eingeständnis gegenüber Bonpland, er habe »viel über die Regeln des Ruhmes nachgedacht« (S. 112). Auch gibt er sich der Lächerlichkeit preis, wenn er Bonpland ernsthaft erklärt: »Einen Mann, von dem bekannt sei, daß unter seinen Zehennägeln Flöhe gelebt hätten, nehme keiner mehr ernst. Ganz gleich, was er sonst geleistet habe« (S. 112).

■ Selbststilisierung

Mit Erfolg hat Humboldt daran gearbeitet, zur Wissenschaftslegende zu werden. Im Alter jedoch zweifelt Alexander im Gespräch mit seinem Bruder Wilhelm an der Bedeutung seiner Flussreise. Doch, so gesteht er seinem Bruder, habe diese Reise letztlich keine Langeweile aufkommen lassen, vor der er »Todesangst« (S. 264) habe. Anders als sein Bruder hat er das Alleinsein nie gefürchtet.

■ Wilhelms Bedeutung für Alexander

Am Ende des Romans wird deutlich, wie stark die beiden Brüder einander verbunden sind. In einem Brief gesteht Wilhelm, dass ihre extremen Leistungen immer nur dem anderen, dem Bruder, geschuldet gewesen seien: »Weil es Dich gab, mußte ich Lehrer eines Staates, weil ich existierte, hattest Du der Erforscher eines Weltteils zu werden, alles andere wäre nicht angemessen gewesen« (S. 266). Das Rätsel ihrer

Doppelexistenz reflektiert Alexander schon früher in einem nicht abgeschickten Brief an seinen Bruder und meint, sie seien »einander [...] näher als jedem anderen« (S. 33 f.). Wilhelm ist während der mehrjährigen Forschungsreise Alexanders wichtigste Bezugsperson; ihm schreibt er seine Reiseberichte, die in Zeitungen veröffentlicht werden und seinen Ruhm begründen, ihm vertraut er alle Aufzeichnungen und gesammelten Objekte an.

Enttäuschende Reise durch Russland

Einen vergleichsweise enttäuschenden Abschluss bildet dann jene Reise durch Russland, bei der ein großer Tross von Bewachern, Schaulustigen und unerwünschten Mitarbeitern Alexander begleitet. Empfänge, strikte Beschränkungen seiner Bewegungsfreiheit und im Voraus gesammelte Proben hindern ihn darüber hinaus weitgehend an eigenen Forschungen. Dabei verschweigen seine Begleiter, der Zoologe Ehrenberg und der Mineraloge Rose, aus Höflichkeit, dass Humboldts Messgeräte und seine Messungen längst überholt sind (S. 275). Die vielen Ehrungen in Russland, die Humboldt über sich ergehen lassen muss, gelten nur noch einer Legende der Forschung.

Aimé Bonpland

Zufällig trifft Humboldt in Paris den etwas heruntergekommenen, großgewachsenen 25-jährigen Aimé Bonpland (S. 39 f.), der nach einer missglückten Militärarztkarriere und einem Studium der Botanik orientierungslos ist und auf keinen Fall in die französische Provinz zurück will. Später wird er in einem Interview auf die Frage nach den Gründen für die Zusammenarbeit mit Humboldt vage äußern, er habe »bloß immer weggewollt aus La Rochelle« (S. 198).

Als Bonpland im ersten Gespräch mit Humboldt seine besondere Liebe zu Tropenpflanzen gesteht, ist dieser so begeistert, dass er Bonpland am liebsten umarmen will. Schon bei diesem Zusammentreffen erklärt der Erzähler, dass »jeder für den anderen wichtiger sein sollte als irgendein Mensch sonst« (S. 40).

Der ideale Begleiter

Humboldt braucht den Botaniker Bonpland bei seinen Forschungen dringend (S. 135), und dieser erfüllt alle Aufträge fast bis zur Selbstaufgabe. Im Qualm einer Hütte ordnet er Pflanzen so lange, bis er ohnmächtig wird (S. 123), er lässt die lebensgefährlichen Experimente mit Zitteraalen über sich ergehen (vgl. S. 103 ff.) und unterstützt Humboldt sogar bei seinen Versuchen mit dem Gift Curare (S. 132). Ohne Bonpland wäre auch die Besteigung des Hochgebirges nicht erfolgreich verlaufen.

Mitarbeiter, nicht »Assistent«

Bonpland handelt und versteht sich als gleichberechtigten Mitarbeiter (S. 197) Humboldts und fragt diesen betroffen, warum man nur von »Herrn von Humboldts Reise« (S. 211) spreche und seinen Namen nie in diesem Zusammenhang erwähne. Humboldt jedoch besteht darauf, dass Bonpland ihm als »Assistent« untergeordnet ist – zunächst bloß ein »Missverständnis« (S. 44), welches von ihm aber nie aufgeklärt wird. Weder auf ihren Reisepässen noch in seinen Aufzeichnungen wird Bonpland als Mitarbeiter erwähnt. Das Humboldt sich Bonpland übergeordnet sieht, ist auch daran zu erkennen, dass er glaubt, in Bonplands Privatleben eingreifen zu können und ihm selbst sexuelle Kontakte untersagen will.

■ Bonplands Mordgedanken

Erst als Bonpland Humboldt bei der Besteigung des Chimborazo aus einer lebensgefährlichen Situation rettet (S. 171), bezeichnet Humboldt ihn als Freund. In Bonpland jedoch brechen immer wieder Hassgefühle gegen Humboldt durch, und so gesteht er, dass er bei der Besteigung Mordgedanken gehabt habe. Schon früher hat Bonplands Unterbewusstsein sich gegen die absolute Beherrschung durch Humboldt zur Wehr gesetzt, wenn er geträumt hat, dass er »Humboldt erwürge, zerhacke, erschieße, anzünde, vergifte oder unter Steinen begrabe« (S. 163).

■ Gegenentwurf zu Humboldt

Humboldts Asexualität, Bedürfnislosigkeit, preußische Korrektheit, seine Humorlosigkeit und sein fehlendes Musikverständnis stehen im Gegensatz zu Bonplands Lebenseinstellung und Bedürfnissen, etwa seinem Alkoholkonsum (S. 39, 117, 141, 164, 166) und seinen sexuellen Begierden (S. 48, 166, 205), die Humboldt zu unterbinden sucht. Mit Ironie kommentiert Bonpland Humboldts Vermessungen während der Sonnenfinsternis, zu der dieser nicht einmal aufgeschaut hat, mit der Frage: »Müsse man immer so deutsch sein?« (S. 80). Auf die Humorlosigkeit Humboldts anspielend erweitert Bonpland dessen Ausspruch, dass kein »Vogel die Luft oder ein Fisch das Wasser« (S. 111) untersuche, mit dem Hinweis, ebenso wenig wie ein »Deutscher den Humor« (S. 111).

Gefühlsmensch

Auch Humboldts mangelndes Feingefühl ist Bonpland peinlich, beispielsweise beim Zusammentreffen mit dem alten Forscher in Calabozo, dem Humboldt eröffnet, seine Erkenntnisse seien bereits erforscht und »in der ganzen Welt bekannt« (S. 103), statt seine Forschung anzuerkennen. Wenig später finden sie ein offensichtlich missbrauchtes Mädchen, doch auch dieser Anblick kann in Humboldt kein Mitgefühl wecken. Bonpland jedoch kümmert sich trotz Humboldts Ungeduld um sie und wirft ihm nur »einen langen Blick« (S. 105) zu. Dies zeigt Humboldts generell pragmatische und widersprüchliche Haltung bei humanitären Fragen (S. 118 f.) und verdeutlicht Bonplands Mitgefühl mit seinen Mitmenschen und seine Nachsicht Humboldt gegenüber.

Gegensätzliche Ansichten

In ihren Ansichten unterscheiden sich die beiden sehr. Seine geistige Unabhängigkeit beweist Bonpland immer wieder, wenn er etwa Humboldts Vision, dass der Kanal zwischen Orinoko und dem Amazonas »die Wohlfahrt des gesamten Erdteils« befördere, mit seiner realistischen Einschätzung widerspricht, hier »werde nie etwas sein, und dieser dreckige Kanal werde nichts daran ändern« (S. 136). Diese Aussage wird Humboldt später resignierend teilen.

Während Humboldt auf seiner Amerikareise unverletzbar zu sein scheint und eine unglaubliche Gesundheit beweist, wird Bonpland von einem Eingeborenen niedergeschlagen und bekommt schweres Fieber, das erst nach längerer Zeit vergeht. Nur bei der Besteigung des Chimborazo erleiden Humboldt und

Bonpland die gleichen Folgen der Höhenkrankheit: Nasenbluten, Erbrechen und Halluzinationen.

Bonplands Schicksal

Das Schicksal Bonplands deutet sich im Roman schon früh in der Aussage eines Wahrsagers an, der aus seinen Handlinien voraussagt, dass dieser lange auf dem südamerikanischen Kontinent bleiben werde (S. 124).

Humboldt beantwortet Eugens Frage nach Bonplands Verbleib ausweichend: das sei eine »schlimme Sache«, eine »sehr traurige Geschichte« (S. 218). Was aber zunächst gefühllos und kalt erscheint, stellt sich später bei Humboldts genauerer Begründung gegenüber Gauß eher als Enttäuschung über dessen Lebenswandel – »Alkohol, Frauen« (S. 225) – heraus, durch den Bonpland die notwendige »Klarheit und Richtung verloren« (S. 225) habe. Offensichtlich hat Bonpland sich aber auch im Freiheitskampf für die Opposition gegen den Diktator Francia eingesetzt, der ihn nun »unter ständiger Todesdrohung« (S. 225) festhalte.

Letzte Lebenszeichen

Bonplands Brief an Humboldt, den dieser in Petersburg erhalten hat, ist ein letztes Lebenszeichen. In ihm schildert Bonpland sein trostloses Schicksal als Gefangener des Präsidenten, und so kumpelhaft, wie er dies nie zuvor gemacht hat, gesteht er Humboldt: »Du fehlst mir, mein Alter. Ich habe nie jemand getroffen, der Pflanzen mochte wie Du« (S. 291). Bis zuletzt bleibt Bonpland von Humboldt und den gemeinsamen Erlebnissen geprägt.

4. Form und literarische Technik

Der Titel des Romans spielt auf die Tätigkeiten von Alexander von Humboldt und Carl Friedrich Gauß als Landvermesser an, deutet zugleich mit dem Wort »Welt« deren globale Bedeutung an und lässt Spielraum für Assoziationen zu dem Wort »Vermessenheit«.

Struktur der Handlung

Der Roman ist in 16 Kapitel eingeteilt, deren Überschriften knapp auf wesentliche Aspekte der Abschnitte verweisen. Dabei haben die Kapitel, die sich mit Humboldt beschäftigen, nahezu den doppelten Umfang gegenüber den Gauß-Kapiteln. Das Geschehen des Romans erstreckt sich über etwa fünfzig Jahre, von der Kindheit der Hauptfiguren um 1775 bis zur Emigration Eugens 1830. Bis auf das historisch belegte Datum des Kongresses in Berlin, zu dem Gauß fährt, fehlen genaue Zeitgaben. Der Verzicht auf die historischen Daten zeigt, dass Kehlmann ausdrücklich keine Anklänge an eine biographische Darstellung erwecken will. Allerdings wird durch die Hinweise zu den Reiserouten der Fahrten Humboldts sowie durch Angaben zur Tätigkeit von Gauß eine indirekte historische Chronologie möglich.

■ Gliederung

■ Zeitgerüst

Der Roman beginnt mit der Reise von Gauß im »September 1828« (S. 7) zur Tagung der *Gesellschaft Deutscher Naturforscher* in Berlin, wo er zusammen

■ Erzählrahmen

Gliederung	Ereignisse	Zeit
Kapitel 1: Gegenwart	Gauß' Reise von Göttingen nach Berlin, erstes Treffen Humboldt und Gauß	September 1828
Kapitel 2–10: Rückblicke	Kindheit und Jugend, berufliche Karriere und Lebensereignisse der beiden Protagonisten	Jahre ab ca. 1775
Kapitel 11–14: Gegenwart	Chronologisch an Kap. 1 anschließend; aktuelle Ereignisse in Berlin	September 1828
Kapitel 15: Gegenwart	Gauß' Arbeit in Göttingen, Humboldts Reise durch Russland, gemeinsame Forschung: Erdmagnetismus	1829
Kapitel 16: Zukunft	Eugens Reise nach Amerika	1830

mit seinem Sohn Eugen auf Alexander von Humboldt trifft, der ihn eingeladen hat. Der erste Satz des Romans benennt das einzige historisches Datum: Alexander von Humboldt organisierte tatsächlich die 7. Versammlung Deutscher Naturforscher und Ärzte im September 1828 in Berlin. Im weiteren Verlauf der Handlung ist der Leser allerdings darauf angewiesen, aus den zahlreichen Hinweisen auf historisch verbürgte Tatsachen selbst eine Chronologie der Ereignisse zu rekonstruieren (z. B. der Verweis auf die Schlacht bei Jena und Auerstedt 1806).

Die Kapitel 11 bis 14 schließen chronologisch an das erste Kapitel an – hier wird der Erzählfaden der Begegnung von Humboldt und Gauß wieder aufgenommen.

Rückblicke

Innerhalb dieses Erzählrahmens sind in den Kapiteln 2 bis 10 die Lebensläufe von Humboldt und Gauß rückblickend eingebettet. Abwechselnd werden ihre Kindheit und Jugend sowie ihre Entdeckungen und Forschungen chronologisch geordnet dargestellt (Humboldt: Kapitel 2, 4, 6, 8, 10; Gauß: Kapitel 3, 5, 7, 9).

Verbundenheit von Gauß und Humboldt

Dem 15. Kapitel kommt eine besondere Bedeutung zu. Zwar steht die Russlandreise von Humboldt im Vordergrund, doch parallel hierzu werden Ausführungen zur Forschungsarbeit von Gauß und Hinweise auf sein Leben in Göttingen eingeschoben. Trotz der räumlichen Entfernung der beiden Forscher wird eine innere Beziehung zwischen ihnen immer deutlicher. Gauß und Humboldt stehen schriftlich (S. 266, 271) sowie durch eine gemeinsame Forschungsidee, die Untersuchung des Erdmagnetismus (S. 272), in Kontakt. Zugleich beschäftigen sich beide in Gedanken miteinander und kommen sich dabei – wie in einer telepathischen Übereinstimmung – so nahe, dass Gauß einen Gedankengang Humboldts, der in Moskau weilt, bestätigt: »Er müsse Gauß unbedingt sagen, daß er jetzt besser verstehe. Ich weiß, daß Sie verstehen, antwortete Gauß« (S. 290). Gauß seinerseits denkt an Humboldt, als es zu einer ähnlichen telepathischen Übertragung kommt: »Vielleicht gab es ihn ja doch, den lichtlöschenden Äther. Aber natürlich gebe es ihn, dachte Humboldt in seiner Kutsche, er habe ihn ja dabei« (S. 292).

Am Schluss dieses Kapitels vergleicht Humboldt die eigenen Forschungen mit denen von Gauß, und er hätte »auf einmal nicht mehr sagen können, wer von ihnen weit herumgekommen war und wer immer zu Hause geblieben« (S. 293).

Das letzte Kapitel schließt inhaltlich wieder an das 12. Kapitel an, indem es das Schicksal Eugens nach seiner Teilnahme an einer studentischen Geheimveranstaltung, seine Verhaftung und Ausweisung wie auch die Überfahrt nach Amerika schildert.

■ Verbindende Elemente

Immer wieder ist der Roman durchsetzt von parallelen oder kontrastierenden Handlungselementen, die Gauß und Humboldt zueinander in Beziehung setzen. So wird der junge Gauß von seinem Vater angehalten, gerade zu sitzen und darüber belehrt, dass dies ausreiche, um ein Deutscher zu sein (S. 54). Alexander von Humboldt wird von seiner Mutter wenige Augenblicke vor ihrem Tod ermahnt, »er solle sich gerade halten, so zu lümmeln sei doch keine Art« (S. 35). Während die beiden Brüder Humboldt einen Heißluftballon beobachten (S. 28), steigt der junge Gauß in diesem Augenblick mit diesem Heißluftballon in den Abendhimmel (S. 65 ff.). In den *Göttinger Gelehrten Anzeigen* liest Gauß fasziniert den Bericht Alexander von Humboldts über die Sonnenfinsternis und die Höhle mit Vögeln, der »eineinhalb Jahre unterwegs gewesen« (S. 87) ist. Nach seinem Besuch bei

Kant, mit dem auch Alexander von Humboldt schriftlich in Kontakt steht, beschließt Gauß, sich mit dem Gift Curare umzubringen, das »[i]rgendein Forscher [...] über den Ozean gesandt« (S. 98) hat. Erst später erfährt er durch Humboldt selbst, dass Curare, über den Magen aufgenommen, ungefährlich ist (S. 131 f.). Gauß und Humboldt lernen zum gleichen Zeitpunkt Russisch: Gauß, weil er es seiner Geliebten Nina versprochen hat, Humboldt, weil er durch Russland reist.

Durch diese Art von Berührungspunkten werden im ganzen Roman immer wieder Querverbindungen zwischen den beiden Hauptfiguren hergestellt.

Erzähltechnik und Sprache

Reportagestil

Mit kurzen präzisen Sätzen, die nicht selten parataktisch gebaut sind, gelingt es Kehlmann, die Fülle der Informationen zu bündeln. Die Verknappung der Darstellung bis hin zu elliptischen Sätzen eröffnet dem Leser Spielraum für Assoziationen. Zugleich vermitteln die reportageartigen Erzählberichte Realitätsnähe und Objektivität.

Die indirekte Rede

Das auffälligste sprachliche Merkmal des Romans ist sicherlich die Vermeidung der wörtlichen Rede und die fast durchgehende Verwendung der indirekten Rede – trotz einiger dialogischer Passagen. Abgesehen von wenigen Stellen gibt Kehlmann seinen Figuren keine eigene Sprache, sondern neutralisiert deren Erleben durch die Verwendung des Konjunktivs der indirekten Rede. Dadurch entsteht einerseits der Eindruck einer objektivierenden, neutralen Darstellung, zugleich vermeidet Kehlmann eine historisierende Illusion. Er wolle, sagt Kehlmann, eher wie ein Fachhistoriker arbeiten, der – abgesehen von zitierten Quellen – nie den Eindruck zu erwecken sucht, die Personen hätten sich tatsächlich so geäußert.[4] Stellenweise geht die indirekte Rede in die wörtliche über, ohne dass jedoch Anführungszeichen dies erkennbar machen. Dies geschieht vor allem dann, wenn die Handlung vorwärtsdrängt: »Sie standen auf einem frei hängenden Bogen aus Schnee. Er starrte hinab. Nicht nachdenken, sagte Bonpland. Weiter. Weiter, wiederholte Humboldt, ohne sich zu rühren. Einfach weiter, sagte Bonpland« (S. 174).

■ Auktorialer Erzähler

So wie die indirekte Rede und die wörtliche Rede ineinandergreifen, verzahnen sich auch die unterschiedlichen Erzählperspektiven. Der auktoriale Erzähler vermittelt die Gefühle der Personen (»Grimmig und notdürftig gewaschen ging er die Treppe hinunter«, S. 7), er kennt ihre Gedanken (Gauß »dachte ans Jüngste Gericht. Er glaubte nicht, daß so etwas veranstaltet werde«, S. 99) und er kommentiert ihr Verhalten (»Er mußte sich zusammennehmen, damit er nicht respektlos wirkte«, S. 144).

■ Personale Erzählsituation

Die personale Erzählsituation wird vor allem bei der Verwendung der indirekten Rede spürbar (»Mancher wolle das. Und jeder bereue es später«, S. 29). Der

4 Kehlmann (s. Anm. 1), S. 32 f.

Erzähler scheint mit Hilfe der indirekten Rede die Perspektive der am Geschehen beteiligten Figur einzunehmen. Diese Erzählperspektive wird mehrfach durch die erlebte Rede ergänzt (»Wieso war er so alt geworden? [...] Daheim hätte er es durch einen Blick nach oben geklärt, aber in dieser Kloake konnte man keine Sterne sehen. Der lichtauslöschende Äther. Wenn man hier lebte, konnte einem solcher Blödsinn wohl einfallen!«, S. 245). Die suggestive Wirkung, die die erlebte Rede entfaltet, eröffnet dem Leser die Möglichkeit, die Gedanken und den individuellen Tonfall der jeweiligen Figur unmittelbar nachvollziehen zu können.

Erlebte Rede

5. Quellen und Kontexte

Anstöße für den Roman

Es waren zwei Impulse, die Kehlmann – wie er in einem Interview auf der Frankfurter Buchmesse 2005 nach dem Erscheinen von *Die Vermessung der Welt* erklärt hat – dazu veranlasst haben, den Roman zu schreiben. Einerseits interessierte ihn bei einem Mexiko-Aufenthalt 2002 die Figur Alexander von Humboldts, und er beschäftigte sich ausgiebiger mit ihm; hinzu kam, dass er erfuhr, dass Carl Friedrich Gauß auf Einladung Humboldts nicht nur den Berliner Kongress besucht, sondern auch mehrere Tage mit diesem in seinem Haus in Berlin verbracht hatte. Damit ergab sich für den Autor die reizvolle Aufgabe, die Zusammenkunft zweier so unterschiedlicher Charaktere literarisch zu erfassen.

Literarische Bezüge

Kehlmanns Quellenmaterial

In Interviews, Vorlesungen und Essays hat Kehlmann sich ausführlich über seine literarischen Vorbilder, sein Realismusverständnis und vielfach auch zu seinem Roman *Die Vermessung der Welt* geäußert. Dabei geht er auch auf seine Quellenlage ein. Was Gauß angehe, so seien seine Briefe sehr aufschlussreich gewesen; aus ihnen sei ihm sofort ein »komplexer, vielgestaltiger, nachvollziehbarer Mensch entgegen[getreten]. Das sei um so erstaunlicher, als einem das bei Humboldt nie passiert.«[5]

5 Daniel Kehlmann, *Diese sehr ernsten Scherze. Poetikvorlesungen*, Göttingen 2007, S. 30.

Im Hinblick auf das Quellenmaterial zu Humboldt hat Kehlmann »die drei Bände seines Reiseberichts, der […] schon zur Zeit seines Erscheinens als bestürzend langweiliges Buch über eine atemberaubend spannende Reise galt, so genau wie möglich gelesen«[6]. Humboldts Reisen seien »erstklassig aufgearbeitet« und die »ganze Reise […] wissenschaftlich erschlossen«[7].

Doch im Hinblick auf Stil, Darstellungsweise und inhaltliche Konzeption waren Humboldts Berichte in keiner Weise ein Vorbild. »Der Roman«, so erklärt Kehlmann, »sollte von mir sein und auf keinen Fall ein postmodernes Gemisch, in das auch Texte anderer einmontiert sind«[8]. Kehlmann beschreibt seine Technik der Darstellung als »gebrochene[n] Realismus«, eine Variation des Magischen Realismus. Gemeint ist die Verschmelzung von Realem und Phantastischem, von Wirklichkeit und fiktiven Elementen. So hat Kehlmanns Realismus an einigen Stellen, an denen beispielsweise Ufos auftauchen und Gedankenübertragung sowie Geistererscheinungen möglich sind, Anklänge an den magischen Realismus. Kehlmann selbst komme es auch weniger auf die genauen historischen Fakten an, vielmehr gehe er frei mit den Grundlagen um. Dabei bezieht er sich unter anderem auf Klassiker der deutschen Literaturgeschichte wie Goethes *Egmont* (1789), Schillers *Maria Stuart* (1800)

■ Gebrochener Realismus

6 Kehlmann (s. Anm. 5), S. 29.
7 Kehlmann (s. Anm. 5), S. 30.
8 Kehlmann (s. Anm. 5), S. 32.

oder Kleists *Prinz Friedrich von Homburg* (1809), in denen ebenfalls historische Begebenheiten zum Gegenstand fiktiver Erzählkunst werden.

Visionen historischer Personen

»[E]s ist seit alters her eine Domäne der Literatur, ihre eigenen Visionen historischer Personen nachzuerschaffen. [...] Der historische Mensch selbst ist gewissermaßen ein Magnet, und um ihn herum ist ein Feld, in dem man sich erfindend bewegt. Kommt man der ursprünglichen Gestalt zu nahe, dann schreibt man einfach eine Biographie [...]. Entfernt man sich aber so weit, dass die Kraft ihres Feldes nicht mehr spürbar ist, so hat man das künstlerische Recht verloren, diese Namen zu verwenden, und man unternimmt etwas ganz Sinnloses.«[9]

Motiv des Bruderkonflikts

Im Hinblick auf den Konflikt der beiden Brüder Alexander und Wilhelm bedient Kehlmann sich des bekannten literarischen Motivs der feindlichen Brüder und des Brudermords: In der Bibel ermordet Kain seinen jüngeren Bruder Abel; in der griechischen Mythologie töten sich die beiden Brüder Eteokles und Polyneikes im Kampf um die Stadt Theben; in der römischen Mythologie ermordet Romulus seinen Zwillingsbruder Remus.

Der Landvermesser in Kafkas *Das Schloss*

In seinen Poetikvorlesungen *Diese sehr ernsten Scherze* hat Kehlmann sehr deutlich auf eine weitere wichtige literarische Quelle hingewiesen: Kafkas Ro-

9 Kehlmann (s. Anm. 5), S. 26.

man *Das Schloss* (1926). In diesem Romanfragment versucht der Landvermesser K. vergeblich, einen Vermessungsauftrag, von dem unklar bleibt, ob er tatsächlich erteilt wurde, gegen den undurchschaubaren Verwaltungsapparat des Schlosses hoch über dem Dorf auszuführen. Kehlmann weist darauf hin, dass sein Geodät Gauß, verglichen mit Kafkas Landvermesser, »ein anderes Kaliber [ist] als der, den wir kennen. Dieser setzt sich sofort und mit solchem Nachdruck durch, dass man ihn praktisch augenblicklich vorlässt«[10], wie das Kapitel »Der Garten« deutlich zeigt. Der Leser ist allerdings gefordert, solche Verbindungen selbst herzustellen und intertextuelle Bezüge aufzuschlüsseln.

Parallele zu Lenz in Büchners *Lenz*

Humboldts und Bonplands Besteigung des Chimborazo beispielsweise, bei der beide nach und nach unter Halluzinationen und Wahnvorstellungen leiden, erinnert recht deutlich an Georg Büchners Erzählung *Lenz* (1839). Auch in Büchners Werk findet der Protagonist seinen Weg durch das Gebirge nicht ohne Beschwerlichkeit: »Müdigkeit spürte er keine, nur war es ihm manchmal unangenehm, dass er nicht auf dem Kopf gehen konnte«[11]. Halluzinationen, ähnlich wie Bonpland sie hat, machen sich auch bei Lenz bemerkbar: »Es war als ginge ihm was nach, und als müsse ihn was Entsetzliches erreichen. […] Aber es waren nur Augenblicke, und dann erhob er sich nüch-

10 Kehlmann (s. Anm. 5), S. 34.
11 Georg Büchner, *Lenz*, hrsg. von Ralf Kellermann und Eva-Maria Scholz, Stuttgart 2015, S. 3.

tern, fest, ruhig als wäre ein Schattenspiel vor ihm vorübergezogen«[12].

Literarische Vorbilder

Weiterhin sind »die Erzähler Südamerikas, die an Kafka anknüpften und die Grenzen zwischen Tages- und Nachtwirklichkeit, zwischen Wachen und Traum durchlässig machten« wichtige literarische Vorbilder für Kehlmann. Er beschreibt sie als die »größte literarische Revolution der zweiten Hälfte des zwanzigsten Jahrhunderts […]. So entstanden die funkelnden Meisterwerke dieses Kontinents«[13], wie etwa *Hundert Jahre Einsamkeit* (1967) von García Márquez.

Auch die Geschichte des legendären Abenteurers und Aufständischen Lope de Aguirre, der im Jahr 1560 eine Amazonasexpedition unternommen hatte, die ihn zum sagenumwobenen Goldland Eldorado führen sollte, hat Kehlmann wohl durch den Film *Aguirre, der Zorn Gottes* (1972) von Werner Herzog kennengelernt.

Die realen Vorbilder

Alexander von Humboldt

Alexander von Humboldt wurde am 14. September 1769 als zweiter Sohn eines ehemaligen Offiziers in Berlin geboren.

Jugend und Ausbildung

Er und sein zwei Jahre älterer Bruder Wilhelm wurden zu Hause von Privatlehrern unterrichtet, ab 1777

12 Büchner (s. Anm. 11), S. 4 f.
13 Kehlmann (s. Anm. 5), S. 14.

Abb. 2: Alexander von Humboldt
Gemälde von Friedrich Georg Weitsch, 1806

tatsächlich von Gottlob Johann Christian Kunth, der auch in Kehlmanns Roman diesen Posten innehat. Dem im Unterricht vermittelten Lehrstoff konnte er nie so viel Aufmerksamkeit widmen wie sein Bruder, doch er entwickelte schon als Kind eine Begeisterung für Erd- und Pflanzenkunde. 1790/91 begann Alexander zunächst mit dem Studium der Verwaltungs- und Finanzwirtschaft, es folgte in den Jahren 1791/92 das Studium des Bergbaus. Seinen Interessen blieb er aber treu und besuchte außerdem Seminare in Altertumswissenschaften, Medizin, Physik und Mathematik. Nach dem Studium folgte eine rasante Karriere beim Bergdienst Preußens, die jedoch endete, als Humboldts Mutter starb und er die Möglichkeit ergriff, die ihm sein ererbtes Vermögen eröffnete; er trat aus dem Staatsdienst aus und konzentrierte sich ganz auf die Vorbereitung seiner Forschungsreise.

Weltberühmter Forscher

Durch seine Forschungen auf dem Gebiet der Geowissenschaften (Geographie, Geophysik, Geologie, Klimatologie) sollte er Weltruhm erlangen, zudem beschäftigte er sich mit der Beziehung von Pflanzen und Tieren zu ihrer Lebenswelt (Ökologie). Besonders bekannt wurden seine Reisen nach Mittel- und Südamerika sowie Asien.

Die Amerikareise

Anfang 1799 begann der dreißigjährige Humboldt zusammen mit dem Arzt und Apotheker Aimé Bonpland, den er in Paris kennengelernt hatte, von Spanien aus die Forschungsreise. Nach einer Zwischenlandung in Teneriffa erreichten sie am 16. Juli 1799 Venezuela, reisten in den Süden des Landes und nach Caracas. Von Februar bis Mai 1800 bereisten sie den Orinoko und konnten bei dieser Gelegenheit die Verbindung zwischen dem Orinoko und dem Amazonas nachweisen. Zwischen zwei Kuba-Aufenthalten (Dezember 1800 – März 1801 und März – April 1804), bei denen Humboldt sich unter anderem mit der Sklavenarbeit beschäftigte, reisten er und sein Begleiter in die heutigen Staaten Kolumbien und Ecuador. Von Quito aus bestiegen sie am 23. Juni 1802 den ca. 6300

Abb. 3: Alexander von Humboldts Forschungsreise (1799–1804)

Meter hohen Chimborazo ohne jegliche Ausrüstung bis zur Höhe von 5881 m. Damit stellten sie den für lange Zeit geltenden Höhenrekord auf. In Lima (Peru) stieß Humboldt auf die Reste der alten Inkakultur. Im Anschluss an die zweite Kuba-Reise hielt er sich in den Vereinigten Staaten auf (Mai – Juni 1804).
Am 11. November 1805 traf er nach sechsjähriger Abwesenheit wieder in Berlin ein, allerdings kehrte er erst 1827 endgültig nach Berlin zurück, nachdem er 20 Jahre in Paris gelebt und auf eigene Kosten das umfangreiche Material der amerikanischen Reise bearbeitet und in 34 Bänden herausgegeben hatte.

Die Russlandreise

Auf Einladung des russischen Zaren unternahm der Sechzigjährige noch einmal eine Forschungsreise nach Sibirien. Dabei legte er mehr als 15 000 km zurück und beschäftigte sich mit geologischen, geomagnetischen und klimatologischen Beobachtungen.

Die letzten Jahre seines Lebens wertete Humboldt die Ergebnisse seiner Russlandreise aus und widmete sich der Arbeit am *Kosmos*, dem Entwurf einer physischen Weltbeschreibung (5 Bände). Dieses Werk, das auch Goethe überschwänglich lobte, kann als herausragendes populärwissenschaftliches Werk gesehen werden.

Am 6. Mai 1859 starb Alexander von Humboldt im neunzigsten Lebensjahr.

Carl Friedrich Gauß

Carl Friedrich Gauß wurde am 30. April 1777 in Braunschweig geboren. Er stammte aus ärmlichen Verhältnissen, doch schon in früher Kindheit zeigte sich sein außerordentliches mathematisches Verständnis, weshalb Herzog Carl Wilhelm Ferdinand von Braunschweig ihn mit Stipendien für das Gymnasium, das Studium in Göttingen und seine Promotion in Helmstedt förderte. Er war Mathematiker, Astronom, Geodät und Physiker und wurde bereits zu Lebzeiten als »Fürst der Mathematik« gerühmt.

Gauß machte sich schnell einen Namen in der Welt der Wissenschaft. Viele seiner Erkenntnisse greift Kehlmann in seinem Roman auf, z. B. die Gauß'sche Summenformel, den Rechentrick, den der kleine Gauß in der Schule anwendet, um die Zahlen von 1 bis 100 zu addieren, oder die Erweiterung Euklidischer Vielecke – das Siebzehneck. Auch erstellte er geometrische Formeln zur Berechnung von gekrümmten Flächen durch Vergrößerung der Winkelsumme, was eine genauere Vermessungsmethode ermöglichte. 1801, mit gerade einmal 23 Jahren, erlangte Gauß internationalen Ruhm: Er veröffentlichte sein mathematisches Hauptwerk *Untersuchungen über höhere Arithmetik* und berechnete außerdem die Umlaufbahn des neu entdeckten Zwergplaneten Ceres, was ihn auch in Kreisen der Astronomen berühmt machte.

■ Frühe wissenschaftliche Erfolge

1807 wurde Gauß zum Universitätsprofessor und Sternwartendirektor in Göttingen berufen (bis 1855),

Abb. 4: Carl Friedrich Gauß
Gemälde von Gottlieb Biermann, 1887

Professor und Sternwartendirektor

1810 bemühte sich Alexander von Humboldt, Gauß an die Universität nach Berlin zu holen.[14] Gauß entschied sich jedoch, in Göttingen zu bleiben. Der Bau einer neuen Sternwarte vor den Toren der Stadt schritt vor-

14 Walter K. Bühler, *Gauss: Eine biographische Studie*, Berlin / Heidelberg / New York 1987, S. 65.

an, und von 1816 bis zu seinem Tode diente sie Gauß als Wohn- und Arbeitsstätte. 1818 begann seine Landesvermessungstätigkeit, 1820 wurde er mit der Vermessung des Königreichs Hannover beauftragt. Im September 1828 nahm Gauß an der 7. Versammlung der deutschen Naturforscher und Ärzte in Berlin teil, die in jenem Jahr von Alexander von Humboldt organisiert wurde, und war dessen persönlicher Gast.

Neben seinen beruflichen Erfolgen blieb wenig Zeit für das Private, doch Gauß hatte eine große Familie. 1805 heiratete er Johanna Osthoff (1780–1809), 1806 wurde ihr erstes Kind Joseph geboren. Die Ehe war glücklich, doch nicht von langer Dauer. Johanna starb 1809 bei der Geburt ihres zweiten Sohnes Louis. Im darauffolgenden Jahr heiratete Gauß Friederica Wilhelmine (Minna) Waldeck, eine Freundin seiner ersten Frau, hauptsächlich, um seine Kinder versorgt zu wissen.[15] Aus dieser Verbindung gingen drei weitere Kinder hervor, darunter 1811 ihr Sohn Eugen.[16] 1831 starb seine zweite Frau und Eugen wanderte nach Amerika aus.

■ Privatleben

In den letzten Jahren seines Lebens zog Gauß sich immer mehr zurück, arbeitete jedoch bis zuletzt an verschiedenen Projekten, war »intellektuell rege und in der Lage, am Fortschreiten der Wissenschaften teilzunehmen«[17]. 1855 starb Gauß in Göttingen an einem Herzleiden.

15 Bühler (s. Anm. 14), S. 63 f.
16 Bühler (s. Anm. 14), S. 65.
17 Bühler (s. Anm. 14), S. 150.

Aimé Jacques Alexandre Bonpland

Aimé Bonpland wurde am 29. August 1773 in La Rochelle (Frankreich) als Sohn eines Mediziners geboren. Mit zwanzig Jahren fuhr er 1793 als medizinische Hilfskraft auf einer Fregatte im Kampf gegen die Engländer im Atlantischen Ozean mit, machte dann eine pharmazeutische Ausbildung in Paris und schloss sich 1799 Humboldt auf seiner Forschungsreise durch Spanien und Amerika (bis 1804) an. Sein besonderes Interesse galt Pflanzen, und so war er für Humboldt ein überaus wertvoller Begleiter. Auf der Reise sammelte Bonpland mehr als 60 000 Pflanzen, von denen etwa 3000 noch nicht bekannt waren.

■ Der Botaniker

Nach der Rückkehr 1804 war Bonpland zwölf Jahre lang Leiter der kaiserlichen botanischen Gärten in Navarra und Malmaison. Der Sturz Napoleons entsetzte Bonpland so sehr, dass er Europa verließ. Nach einer kurzen Laufbahn als Professor in Buenos Aires baute er ab 1820 eine große Mate-Teeplantage in Santa Ana in Paraguay auf und siedelte dort Indianer an. Doch die Pflanzung wurde ein Jahr später von Truppen des Diktators Francia von Paraguay überfallen, zerstört und Bonpland gefangen nach Asunción gebracht. Francia fürchtete, sein Monopol im Teehandel einzubüßen. Vergebens versuchte Alexander von Humboldt – ebenso wie die Regierungen von Brasilien und Großbritannien –, seinen ehemaligen Begleiter zu befreien. Erst nach neunjähriger Gefangenschaft wurde Bonpland 1829 entlassen. Nach seiner Freilassung

■ Leben in Südamerika

■ Gefangenschaft

Abb. 5: Aimé Jacques Alexandre Bonpland

kaufte er in Brasilien eine kleine Besitzung und ließ sich schließlich 1853 in einem kleinen Dorf, das später nach ihm benannt wurde, nieder. Er starb 1858 verarmt. Bis zu seinem Tod standen Humboldt und Bonpland im Briefverkehr.

6. Interpretationsansätze

Das Problem des historischen Romans

Probleme des historischen Romans

Der Leser stellt sich bei der Lektüre des Romans sehr schnell die Fragen: Gibt dieser Roman die historische Wirklichkeit wieder? Was ist fiktiv? Warum hat der Autor diese beiden historischen Figuren in das Zentrum des Romans gestellt? Was sind demzufolge die Themen dieses Romans?

In seinem Essay *Wo ist Carlos Montúfar*? (2005)[18] geht Kehlmann ausführlich auf Probleme des historischen Romans am Beispiel seines eigenen Romans *Die Vermessung der Welt* ein. So ist er sicher, dass beispielsweise seine drastische und stark von der Realität abweichende Darstellung von Gauß ihm, hätte Gauß noch gelebt, eine gerichtliche Klage eingebracht hätte. Vieles ist der Phantasie des Autors entsprungen. So sind weder die häufigen Bordellbesuche belegt noch wird das Verhältnis von Gauß zu Eugen und Minna historisch korrekt wiedergegeben. Die tatsächlichen Konflikte mit Eugen gingen weitgehend von dessen Verhalten aus, und mit seiner zweiten Ehefrau Minna hat sich Gauß sehr gut verstanden.

Abweichungen von der Realität

Kreative Freiheiten

Die Figur Humboldts hingegen, eine »Kreuzung aus Don Quixote und Hindenburg«[19], habe nach »Übersteigerung, Verknappung und Zuspitzung [ver-

18 Daniel Kehlmann, »Wo ist Carlos Montúfar?«, in: Nickel (s. Anm. 1), S. 11–25.
19 Kehlmann (s. Anm. 5), S. 36.

langt]. Hatte [Humboldt] in Wirklichkeit eine eher undramatische Rundreise von über sechs Jahren Dauer gemacht,«[20] so habe Kehlmann, um »davon erzählen zu können, nicht nur sehr viel weglassen, sondern Verbindungen schaffen und aus isolierten Begebenheiten zusammenhängende Geschichten bauen«[21] müssen.

Auch die starke Raffung und Übersteigerung bei der Darstellung der Reisen und der Figur Alexander von Humboldts sind der Idee der Konzentration auf wenige Hauptfiguren geschuldet. Tatsächlich war Humboldts Expedition am Amazonas häufig von vielen Interessierten begleitet, die an den Missionsstationen wechselten. Zwar war Bonpland als Expeditionsmitglied eher unscheinbar, doch Kehlmann macht ihn zu Humboldts engstem und wichtigstem Begleiter und schafft zugleich eine Kontrastfigur zu Humboldt.

Figurenkonstellation

Kehlmann selbst spricht von der Konstellation gegensätzlicher Paare, wie man sie in der Literatur mit Figuren wie Don Quixote und Sancho Panza immer wieder findet. Mit seiner Konzentration auf Humboldt und Bonpland eliminiert Kehlmann Humboldts realen engsten Vertrauten seit 1802, Carlos Montúfar, den Sohn des Gouverneurs von Quito. Montúfar begleitete Humboldt nicht nur bei der Besteigung der Vulkane Pichincha und Chimborazo, sondern auch

Carlos Montúfar

20 Kehlmann (s. Anm. 5), S. 36.
21 Kehlmann (s. Anm. 5), S. 36.

beim Besuch Jeffersons. Schließlich wohnte Montúfar sieben Jahre lang bei Humboldt in Paris.

Auch die zurückhaltende Art, mit der Humboldt im Roman über seinen unglücklichen Partner Bonpland spricht, entspricht keineswegs dessen tatsächlichen Bemühungen um die Freilassung von Bonpland.

Roman und Vorlage

Besonders deutlich lässt sich der Unterschied zwischen der historischen Überlieferung und der Umsetzung in dem Roman anhand der Besteigung des Chimborazo nachvollziehen. Humboldts Bericht geht nur mit wenigen Sätzen auf die Folgen der Höhenkrankheit ein, indem er lakonisch mitteilt, dass die Teilnehmer der Expedition aus dem Zahnfleisch und den Lippen bluteten, doch Erbrechen und allgemeines Unwohlsein will er in seinem Bericht gar nicht erst erörtern.[22]

Kehlmann hat die kargen Fakten zu einer überaus spannenden Schilderung in dem Kapitel »Der Berg« umgeformt. Dabei haben ihm Erfahrungsberichte von Hochgebirgskletterern geholfen, um die Höhenkrankheit mit ihren körperlichen und geistigen Folgen, dem ständigen Erbrechen, Bluten der Schleimhäute, den Halluzinationen und der sprachlichen Verwirrung darzustellen. Kehlmann formt Humboldts Bericht drastisch und wirklichkeitsnah um. Dabei gewinnt die Darstellung besondere Komik, wenn der distanzierte und nüchterne Humboldt aufgrund von

22 Alexander von Humboldt, *Ueber einen Versuch den Gipfel des Chimborazo zu ersteigen*, in: Douglas Botting, *Alexander von Humboldt*, München 1974, S. 149.

Abb. 6: Alexander von Humboldt und Aimé Bonpland am Fuß des Vulkans Chimborazo
Gemälde von Friedrich Georg Weitsch, 1810

Halluzinationen seinen am Amazonas verschollenen Hund neben sich sieht und über das Versäumnis klagt, ihm keinen Namen gegeben zu haben.

■ Fakten und Fiktion

Durch eine geschickte Vermischung von nachprüfbaren Daten und Fakten mit möglichen, aber frei erfundenen Begebenheiten, z. B. der Flug des jungen Gauß mit dem Heißluftballon, entsteht für den Leser der Eindruck, einen historisch abgesicherten Roman zu lesen. Bei genauerem Vergleich mit den historischen Tatsachen zeigt sich jedoch, wie frei Kehlmann mit der Realität umgegangen ist.

Über das Romanschreiben

Den Schreibprozess, die Vermischung von Tatsachen und Erfundenem, thematisiert der Autor auch im Roman. Mehrfach äußern sich Figuren über das Romanschreiben und kommentieren dabei ironisch den Autor Kehlmann und seinen Schreibprozess. So beklagt sich Gauß auf der Fahrt nach Berlin bei seinem Sohn Eugen, dass »jeder Dummkopf in zweihundert Jahren sich über ihn lustig machen und absurden Unsinn über seine Person erfinden könne« (S. 9). Als Humboldt erfährt, dass der wichtigste Experimentalphysiker Deutschlands, Georg Christoph Lichtenberg, einen Roman mit dem Titel »*Über Gunkel*« schreibt, der bezeichnenderweise »von nichts« (S. 27) handle, erklärt Humboldt: »Das Romanschreiben […] erscheine ihm als Königsweg, um das Flüchtigste der Gegenwart für die Zukunft festzuhalten« (S. 27), aus diesem Grund sei es »ein albernes Unterfangen, wenn ein Autor, wie es jetzt Mode werde, eine schon entrückte Vergangenheit zum Schauplatz wähle« (S. 27 ff.). Damit wendet er sich grundsätzlich gegen den historischen Roman.

Erzählungen in aller Welt

Auch im weit entfernten Südamerika denkt Humboldt über den Wert der Dichtung nach: Während vor der Tür der Missionsstation am Orinoko die Eingeborenen über den Verlauf ihrer eigenen Erzählungen streiten, fragt Humboldt den Missionsleiter, Pater Zea, warum die Eingeborenen »ununterbrochen« (S. 114) erzählten. »Wozu dieses ständige Herleiern erfundener Lebensläufe, in denen noch nicht einmal eine Lehre stecke?« (S. 114). Der Pater sieht das

Problem ähnlich und erklärt: »Erfundene Geschichten aufzuschreiben sei in allen Kolonien verboten«, aber selbst die Kirche könne das Verbot nicht durchsetzen. Interessant ist an dieser Stelle, dass fiktionale Erzählungen als gemeinsamer Nenner und fester kultureller Bestandteil verschiedenster Völker auf allen Teilen der Welt zwar aufgezeigt und thematisiert, vom Forscher Alexander von Humboldt allerdings nicht ernst genommen werden.

Absage an die Dichtung

Im Gespräch mit Gauß distanziert Humboldt sich ausdrücklich von der Dichtkunst: »Ihm selbst habe Literatur ja nie viel gesagt. Bücher ohne Zahlen beunruhigten ihn« (S. 221). Dem kann Gauß nur zustimmen und Humboldt fällt das abschließende Urteil: »Erfundenes verwirre die Menschen, Stilisierung verfälsche die Welt« und abscheulich seien »Romane, die sich in Lügenmärchen verlören, weil der Verfasser seine Flausen an die Namen geschichtlicher Personen binde« (S. 221). Er denkt sogar daran, »Listen der Eigenschaften wichtiger Persönlichkeiten, von denen abzuweichen dann nicht mehr in der Freiheit eines Autors liegen dürfe« (S. 222), zu erstellen.

Humboldts Kritik am modernen Roman

Kehlmann ironisiert in seinem eigenen Roman den historisierenden Roman, indem er Humboldt empört gegen Strömungen des modernen Romans wettern lässt. Humboldt lehnt jede künstlerische Darstellung ab, die nicht der Aufgabe genüge, das vorzuzeigen, »was sei« (S. 221). Seine Hoffnung setzt Humboldt auf die Photographie, die die Wirklichkeit getreu wiedergebe und damit Kunst überflüssig mache.[23] Solange diese noch nicht so weit entwickelt sei, arbeite er an einem Katalog von Eigenschaften berühmter Männer, von denen der Künstler in Zukunft nicht abweichen dürfe.

Kein Anspruch auf Exaktheit

Kehlmann verfolgt – nach seinen eigenen Aussagen – mit seinem Roman und seinen Romanfiguren keinesfalls biographische oder historische Exaktheit. Er geht unter anderem mit der Darstellung Humboldts der Frage nach, was es für einen Vertreter der Ideale der Weimarer Klassik bedeute, deutsch zu sein.[24]

Messbarkeit und Vermessung

Mit dem Titel seines Romans verweist Kehlmann unmittelbar in die gegenwärtige Welt, die durch Zahlen und Statistiken verständlich und damit korrigierbar geworden zu sein scheint. Und es überrascht nicht, wenn ein Sammelband mit dem Titel *Vermessen, Zählen, Berechnen: Die politische Ordnung des Raums im 18. Jahrhundert*[25] mit einem Zitat

23 Daguerres erste Porträt-Daguerreotypien von 1839 verlangten eine Belichtungszeit von etwa 20 Minuten. Schon 1840 konnte Daguerre die Belichtungszeit aufgrund neuerer Verfahren auf wenige Sekunden reduzieren. 1847 ließ sich Alexander von Humboldt von Biow in Berlin ablichten. In: Adolf Meyer-Abich, *Alexander von Humboldt*, Reinbek b. Hamburg [18]2006, S. 155.

24 Vgl. Kehlmann (s. Anm. 1), S. 30.

25 *Vermessen, Zählen, Berechnen: Die politische Ordnung des*

aus Kehlmanns Roman beginnt. Im Gegensatz dazu kann auch der Eindruck entstehen, dass der Glaube an die Messbarkeit von gesellschaftlichen Prozessen in Bildung, Wirtschaft oder Demoskopie zur Vermessenheit wird. So mündet auch Humboldts enthusiastisches Bekenntnis zur Vermessung der Welt, die er für fast abgeschlossen hält, in die vermessene Vorstellung, dass die Wissenschaft »ein Zeitalter der Wohlfahrt herbeiführen« (S. 238) werde, ja, dass sie vielleicht sogar »das Problem des Todes lösen« (S. 238 f.) werde.

■ Messbarkeit und Vermessenheit

Kehlmann berührt mit der Thematik des Vermessens Aspekte einer Kulturgeschichte der Herrschaft und Verwaltung im Zeichen von Statistik und Zahl, die im Zeitalter der Aufklärung eine besondere Bedeutung erhält. Er führt den Leser in die Zeit zurück, in der das Ausmessen der Welt an Präzision gewinnt und damit zur objektiven Erfassung des privaten und öffentlichen Raums beiträgt, zugleich aber auch mit dem Glauben an die Beherrschbarkeit der Welt einhergeht.

■ Politische Dimension des Vermessens

Diese neue Perspektive, die von der Grenzziehung bis zur Statistik der Todeswahrscheinlichkeit neue Genauigkeit und Eindeutigkeit verspricht, ermöglicht es – ohne dass dies von den beiden Protagonisten so gewollt wird –, politische Räume präzise abzugrenzen, neu zu ordnen und Besitzansprüche geltend zu machen. Die geographischen und geologischen Da-

Raums im 18. Jahrhundert, hrsg. von Lars Behrisch, Frankfurt a. M. 2006.

ten, die gesammelt werden, dienen dabei zur Ausbeutung von Räumen und nicht zuletzt auch zur Vorbereitung militärischer Operationen. So ist Jefferson überaus interessiert, anhand von Humboldts verbesserten Karten militärische Stützpunkte Spaniens in den Kolonien zu erfassen. Humboldt scheint den Wert dieser Informationen und deren Tragweite in politischer Hinsicht nicht zu erfassen: »Wem solle es schaden?« (S. 214).

Karten und Wertschöpfung

Auch Gauß trägt, ohne dass er hierauf abzielt, durch die Verbesserung der Messmethoden im Gelände zur Entwicklung genauerer Karten bei, die unter anderem für die Wertschöpfung durch optimierte Raumnutzung und zur Verbesserung von militärischen Planungen genutzt werden können. Die wirtschaftliche Nutzung seiner Sterbestatistik und seiner Wahrscheinlichkeitsberechnung interessiert ihn nur insofern, als diese Forschungen »gut bezahlt, zudem mathematisch nicht uninteressant« (S. 280) sind. Die ungeheure Bedeutung dieser Forschungsarbeit für zukünftige wirtschaftliche, gesellschaftliche und politische Prozesse lässt auch ihn unberührt.

Humboldts Fortschrittsoptimismus

Mit Fortschrittsoptimismus äußert Humboldt, dass ein Raum erst dann existiere, wenn er vermessen sei, und auch Gauß scheint es, als habe er durch seine Messungen den Landstrich »erfunden, als wäre er erst durch ihn Wirklichkeit geworden« (S. 268). Doch beide Forscher blicken am Ende ihres Lebens resigniert auf ihre Arbeit zurück. Humboldt stellt fest, dass seine euphorische Voraussage bei der Entdeckung der

Verbindung zwischen Amazonas und Orinoko, dass nämlich erst die kartographische Vermessung »die Wohlfahrt des gesamten Erdteils befördern« und »ungeahnte Unternehmungen« (S. 136) ermöglichen würde, eine Fehleinschätzung gewesen ist. Er konstatiert, dass dieser Raum unbedeutend wie zuvor geblieben ist. Doch Kehlmanns Hinweise im Roman auf die Ausrottung von Indianerstämmen im Gebiet des Amazonas legen den Vergleich zur gegenwärtigen Ausbeutung dieses Gebietes und der damit verbundenen Ausrottung der eingeborenen Bevölkerung nahe, so dass Humboldts Prognose im negativen Sinn für die Gegenwart eingetroffen ist.

Negative Folgen der Entdeckungsreisen

Gauß hingegen erkennt die negativen Auswirkungen der Vermessung und Abstrahierung von Naturräumen in geometrische Muster, denn nichts, »was einmal jemand vermessen hatte, war noch oder konnte je sein wie zuvor« (S. 268).

Zugleich aber schärft Kehlmann mit der Thematik des Messens den Blick auf die Gegenwart, in der nahezu alles gemessen und quantitativ verarbeitet wird:

> »Dazu gehören die persönlichen Beziehungen in der Ehe, der Liebe und in Freundschaften. […] Die Digitalisierung und die damit verbundenen Messungen üben einen gewaltigen Einfluss auf unser Leben aus. Diese Messmanie lässt sich nicht aufhalten. Dennoch sind wir nicht ganz wehrlos, sodass sie uns nicht total überrollen wird. Die Menschen

verfügen über die Kreativität, in Bereiche auszuweichen, die sich der Messung entziehen.«[26]

Politische Perspektiven

Soziale Gegensätze

Schon die unterschiedliche Herkunft von Gauß und Alexander von Humboldt und ihre damit verbundenen Bildungschancen eröffnen den politischen Spielraum des Romans, der durchzogen ist von Anspielungen auf politische Ereignisse und ihre Auswirkungen auf das gesellschaftliche Leben der Menschen.

Während Gauß, der aus dem »ärmste[n] Viertel Braunschweigs« (S. 55) stammt, auf Stipendien und die praktische Tätigkeit der Landvermessung angewiesen ist, um weiterführende Schulen besuchen und sich und seine Familie ernähren zu können, kann sich Alexander von Humboldt, der eine intensive Privaterziehung genossen hat, die teuersten Messinstrumente leisten und ohne finanzielle Sorgen arbeiten und reisen. Selbst als er die Veröffentlichung seiner Werke selbst finanziert und in Geldnot gerät, wird er durch den preußischen König unterstützt, muss dafür allerdings seine persönliche Freiheit in Paris aufgeben und nach Berlin wechseln. Politisch besonders bewandert sind aber weder Gauß noch Humboldt, obwohl dieser in seinen Kreisen öfter mit Staatsbeamten in Kontakt kommt und auch auf seinen Reisen

26 Bruno S. Frey, »Grenzen der Messmanie«, in: *Die Zeit* 40 vom 27. 9. 2017. (www.zeit.de/2017/40/messungen-digitalisierung-grenzen, Stand: 12. 2. 2018)

immer wieder mit politischen Interessenskonflikten konfrontiert wird.

Politisches Desinteresse

Gauß weigert sich, politische Veränderungen zur Kenntnis zu nehmen. Vom Krieg gegen Napoleon bekommt er lange Zeit nichts mit, so sehr ist er in seine Arbeiten vertieft. Während der Fahrt nach Königsberg weiß er nicht, wer Bonaparte ist (S. 98), und erst als er gefragt wird, »ob er wirklich nicht wisse, daß Krieg sei« (S. 151), beginnt er, die aktuelle Situation in Zeitungen zu recherchieren. Als er 1828 auf seiner Fahrt von Göttingen nach Berlin das Königreich Hannover verlässt und Preußen betritt, ist er überrascht, dass er einen Pass benötigt, denn zwanzig Jahre zuvor sei dies nicht notwendig gewesen. So desinteressiert Gauß an den weltpolitischen Ereignissen seiner Gegenwart ist, so weitblickend ist er im Hinblick auf die Entwicklung in Deutschland und ohne Zweifel daran, dass es »bald keine Herzöge mehr geben« (S. 61) würde. Indem Gauß seine Gegenwart aus der Perspektive der Zukunft beurteilt, erscheinen ihm tagespolitische Ereignisse unbedeutend. Daher nimmt er auch die Verschiebung von politischen Grenzen nicht zur Kenntnis (S. 11 f.), gehören sie doch nicht zu mathematisch messbaren Größen, sondern sind der Willkür wechselnder Politik unterworfen und nur Beleg der damaligen Zersplitterung Deutschlands nach dem Wiener Kongress (1814/15).

Willkür politischer Grenzen

Stärker noch als Gauß wird Humboldt auf seinen Reisen immer wieder mit Grenzen und politischen Veränderungen konfrontiert. Nur durch einen Trick erhält Humboldt eine einzigartige Genehmigung zur Forschung in den sonst unzugänglichen spanischen Kolonien in Südamerika. In Russland aber darf er nur »die bewilligte Route« (S. 271) befahren, worauf seine Begleiter Ehrenberg und Rose sehr genau achtgeben, muss sich von einem Kosakentrupp eskortieren lassen und »ein Grenzübertritt komm[t] überhaupt nicht in Frage« (S. 285). An diesen Vorschriften scheitert auch Gauß' Vorschlag, Hütten »über die Leere Sibiriens [zu] verteilen« (S. 73), um dort Messungen des Magnetfelds vorzunehmen.

Humboldts humanistische Ideen

Humboldts humanistische Idee von der Gleichheit der Menschen, die sich in der eher lächerlichen Befreiung dreier Sklaven zeigt, gerät bereits ins Wanken, als die Expedition darauf angewiesen ist, von Eingeborenen, die in der Missionsstation gefesselt und ausgepeitscht werden, im Boot durch die Stromschnellen gebracht zu werden. Die Begründung von Pater Zea für die Behandlung dieser Menschen wie auch dessen Erklärung für die Vernichtung von zehntausend Indianern nimmt Humboldt aus Höflichkeit unwidersprochen hin.

Da Humboldts Ideale auch in seiner Heimat bekannt sind, muss er vor seiner Russlandreise sein Wort geben, nicht »über jeden unglücklichen Bauern in Tränen auszubrechen« und »die Verhältnisse der unteren Volksklassen nicht [zu] studieren« (S. 265). Auch die Gespräche mit Strafgefangenen werden ihm unterwegs strikt untersagt.

Komik und Satire

Komik des Romans

Kehlmann hat geäußert, dass ihm Gauß emotional näher stehe als Humboldt, dass allerdings auf der anderen Seite Humboldt – und dies sei ein wichtiges Merkmal des Romans – zur Komik des Romans stärker beitrage.[27] Als eigenwilliger Repräsentant der Weimarer Klassik und gelegentlich grotesker Vertreter eines deutschen Nationalstolzes mit seiner vielfach unpassenden preußischen Haltung macht Alexander von Humboldt den Roman zu einer provokanten Satire über die deutsche Mentalität. Als Bonpland sich beispielsweise wegen einer Bemerkung von Humboldt ironisch über den Humor der Deutschen äußert, entgegenet Humboldt ernsthaft: »Ein Preuße könne sehr wohl lachen. In Preußen werde viel gelacht« (S. 111). Letztendlich zeigt er sich vollkommen humorlos.

Unfreiwillige Parodie

Als »recht aggressive Satire über das Deutschsein«[28], als »spielerische Auseinandersetzung mit dem, was es heißt, deutsch zu sein – auch natürlich mit dem, was man, ganz unironisch, die große deutsche Kultur nennen kann«[29], gewinnt der Roman eine kritische Perspektive auf das Deutschsein. Um sich an seine unbequeme Uniform zu gewöhnen, die Humboldt nicht einmal im Dschungel ablegt, trägt er eine Zweitanfertigung auch nachts im Bett. Die Komik des

27 Kehlmann (s. Anm. 1), S. 26 f.
28 Kehlmann (s. Anm. 1), S. 30.
29 Kehlmann (s. Anm. 1), S. 27.

am Amazonas korrekt in Uniform gekleideten Deutschen, der sich gegenüber den nackten Ureinwohnern, vor allem den Frauen, unwohl fühlt, wird zur entlarvenden Satire, als sich einige Eingeborene Fräcke und Uniformen auf den nackten Körper malen (S. 131), und damit Humboldts Kleidung imitieren und letztlich auch karikieren.

Seine penible Genauigkeit und preußische Art stößt häufig auf Unverständnis und wirkt deplatziert; so korrigiert er auf der Überfahrt den spanischen Kapitän beim Navigieren, und sein Versuch, den Humanismus in den tropischen Regenwald zu tragen, als er Sklaven freikauft, die mit seiner Idee von Freiheit nichts anfangen können, scheitert kläglich. Als er während der Fahrt auf dem Rio Negro gebeten wird, etwas zu erzählen, trägt er Goethes Gedicht *Über allen Wipfeln ist Ruh'* in einer grotesk versachlichten Form vor (S. 128), die seine fehlende Sensibilität für Literatur offenbart. Als er schließlich während einer Sonnenfinsternis nur die Projektion beobachtet, jedoch die eigentliche Sonnenfinsternis verpasst, fragt Bonpland ihn: »Müsse man immer so deutsch sein?« (S. 80).

Während Bonpland beim Aufstieg auf den Chimborazo seine ersten sexuellen Abenteuer als seine »Gefühlsbildung« (S. 168) schildert, erzählt Humboldt »von seiner Kindheit, der Arbeit am Blitzableiter, den einsamen Streifzügen durch die Wälder« und bedauert alle, die eine derartige »Gefühlsbildung nicht genossen« (S. 168) hätten.

Zynismus

Zynisch wird das Experiment Humboldts präsentiert, bei dem er das Jagdverhalten von Krokodilen an lebenden Hunden studiert. Zur Entschuldigung führt er an, dass diese Hunde »Mischlinge gewesen [seien], unedel und ziemlich räudig« (S. 169). Diese Aussage bringt Humboldts Denken in die Nähe der Rassenideologie, was auch seine Überzeugung, dass jeder Mensch gleich sei, in Frage stellt.

Satire auf Deutschtümelei

Doch nicht nur die Figur Humboldts zeigt die Komik im Roman. Auch der Auftritt eines Nachahmers von Turnvater Jahn gerät zur Satire auf deutschtümelndes Gedankengut, das sich in Sentenzen wie »frisch und fromm, fröhlich und frei« (S. 232) widerspiegelt. Während der Vertreter von Jahns Ideen in »rhythmischen Bewegungen sein Hosenbein« hochkrempelt, und auf seine Waden klopft, die »stark, felgaufschwungfest, klimmzugshart« seien, verkündet er: »Wie dieses Bein sei, so müsse Deutschland werden!« (S. 231). Kurze Zeit später wird er sich erbärmlich kleinlaut ohne Gegenwehr verhaften lassen.

Sexualität

Gerade durch ihre Verschiedenartigkeit erhalten Gauß und Humboldt ihre deutlichen Konturen. Besonders im Verhältnis zu Frauen zeigen sich wohl die größten Unterschiede: Nachdrücklich verbietet Humboldt seinem Begleiter Bonpland den Kontakt mit Frauen, scheint selbst schreckhaft in der Nähe des anderen Geschlechts, und wenn er Besuch von Frauen erhält, dann nur, um »die Läuse in ihren geflochtenen Haaren« (S. 70) zu zählen.

Humboldts sexuelle Probleme

Humboldts sexuelle Probleme werden deutlich, als er in seiner Klosterzelle von einer nackten Frau erwartet wird, die der Gouverneur zu ihm geschickt hat. Während das Mädchen ihn vergeblich zu erregen versucht, beschäftigt er sich mit der Struktur von Palmblättern; der Verführungsversuch endet schließlich kläglich in einer grotesken Szene, in der Humboldt sich vor dem jungen Mädchen zu retten sucht, indem er darauf hinweist, er sei »Beamter der preußischen Krone« (S. 76). Die zweite sexuell aufgeladene Szene ist die Begegnung mit einem kleinen Jungen und bringt Humboldt völlig aus der Fassung. Seine Hand »zittert so stark, dass er die Kerze fallen« lässt (S. 126). Mit einem Ausbruch von Brutalität tritt er den Jungen mit Stiefeln, als strafe er sich selbst für sein Verlangen (S. 125 f.). Später wird ihm sein Bruder Wilhelm zu erkennen geben, dass er um die sexuelle Orientierung Alexanders gewusst habe.

Gauß und die Liebe

Gauß dagegen ist dem sexuellen Vergnügen gegenüber aufgeschlossen. Schon als junger Mann geht er regelmäßig – auch nach seiner Hochzeit – zu Huren. Sie »kannten ihn alle, grüßten ihn mit Namen und gaben ihm manchmal Rabatt, weil er jung war, gut aussah und Manieren hatte« (S. 86). Dabei gefällt ihm die russische Prostituierte Nina am besten. Ihr verspricht er sogar, sie zu heiraten und Russisch zu lernen. Dann aber lernt er Johanna kennen und ist beeindruckt von ihrer Auffassungsgabe und ihrem Verständnis für mathematische Probleme. Seine Werbung um sie gestaltet sich schwierig, schließlich will er sogar mit Curare Selbstmord begehen, sollte sie ihn nicht heiraten. Die Hochzeitsnacht von Gauß und Johanna offenbart aber seine Prioritäten: Während des Liebesspiels gleitet die Mondscheibe am Fenster vorbei, und Gauß wird in diesem Moment klar, »wie man Messfehler der Planetenbahnen approximativ korrigieren« (S. 150) kann. Obgleich er sich dafür schämt, unterbricht er den Liebesakt, springt einen Augenblick aus dem Bett und schreibt seinen Einfall nieder.

Alter und Tod

In einem Interview mit der *Frankfurter Allgemeinen Zeitung* bezeichnete Kehlmann das Thema des Alterns als eines der wichtigen Themen in seinem Roman. Er habe immer eine »starke Einfühlung in alte Menschen« gehabt und es als traurig empfunden, »zu merken, dass die es eigentlich auch noch nicht gewöhnt sind, alt zu sein«[30].

■ Merkmale des Alterns

Schon früh, als gerade Dreißigjähriger, erkennt Gauß Merkmale des Altern an sich. Er merkt, »daß seine Fähigkeit zur Konzentration nachließ und die Pausen, welche Menschen vor ihren Antworten zu machen schienen, immer kürzer wurden […]. Er war sicher, daß er nicht alt werden würde« (S. 155 f.). 1828 in Berlin – etwas über fünfzig Jahre alt – wundert

30 Kehlmann (s. Anm. 1), S. 29.

Gauß sich darüber, dass er bereits so alt geworden ist. »Man sah nicht mehr richtig, und man dachte so langsam. Altern, das war nichts Tragisches. Es war lächerlich« (S. 245). Überhaupt stehe, erklärt Gauß, das menschliche Leben unter der Tyrannei der Naturgesetze. »Man denke, man bestimme sein Dasein selbst«, dann aber werde man »alt und dumm, erkranke und gehe unter die Erde« (S. 219).

Humboldt dagegen stemmt sich gegen das Altern. Wenn Kehlmann davon spricht, dass das Alter »das zunehmende Chaos im Leben«[31] sei, so setzt Humboldt dem Chaos die Ordnung entgegen. »Man müsse selbst so genau sein, daß einem die Unordnung nichts anhaben könne« (S. 129). Doch letztlich erkennt auch Humboldt, dass der Tod »nicht erst das Verlöschen und die Sekunden des Übergangs [bedeutet], sondern schon das lange Nachlassen davor, jene sich über Jahre dehnende Erschlaffung; die Zeit, in der ein Mensch noch da ist und zugleich nicht mehr und in der er, ist auch seine Größe lange dahin, noch vorgeben kann, es gäbe ihn« (S. 263). Humboldt zufolge ist dies von der Natur »umsichtig […] eingerichtet« (S. 263). Trotz dieser Einschätzung unternimmt Humboldt die – zuvor aus Altersgründen abgesagte – Expedition nach Russland.

Leitmotiv Tod

Nicht nur im Zusammenhang mit dem Altern erhält auch das Motiv des Todes seinen besonderen Stellenwert. Leitmotivisch durchzieht es den Roman.

31 Kehlmann (s. Anm. 1), S. 35.

Den Anfang bildet die Schilderung des schrecklichen Todeskampfes der Mutter Humboldts (S. 35), und auch Gauß erkennt früh, dass das Altern unumgänglich ist. Besorgt bemerkt er erste Alterserscheinungen bei seiner geliebten Mutter, »[i]hre Haut verlor an Spannung, ihr Körper seine Form, ihre Augen hatten immer weniger Glanz« (S. 54), und er weiß, dass er ihren Tod nicht verkraften würde.

Besonders schlimm trifft ihn der Verlust seiner Frau Johanna. Obwohl er pragmatisch handelt und wieder heiratet, hauptsächlich, um seine Familie versorgt zu wissen, trauert er doch bis zuletzt um sie.

Auch Humboldt wird auf seinen Reisen mit dem Tod konfrontiert. In der ersten Höhle glaubt er, seine tote Mutter zu sehen, die »länger sichtbar [blieb], als es sich für eine Sinnestäuschung gehörte« (S. 74). Als Bonpland und Humboldt in der Nähe der Missionsstation eine Grabhöhle (S. 120) betreten, entdecken sie »Hunderte Leichen [...] in unterschiedlichen Stadien der Verwesung« (S. 120), in denen Humboldt jedoch bloß weitere Forschungsobjekte sieht.

Erst in dem Kapitel »Die Geister«, als Humboldt und Gauß gemeinsam an einer Totenbeschwörung teilnehmen, verliert auch Humboldt seine Fassung, als die Stimme seiner Mutter mit ihm zu sprechen scheint und ihm vorwirft, er habe »in der Höhle damals [...] getan, als sehe er sie nicht« (S. 255).

Das Altern, der Tod und auch damit verbundene, teils mystische Glaubenshaltungen sind eines der immer wiederkehrenden Themen im Roman.

7. Autor und Zeit

Daniel Kehlmann wurde 1975 als Sohn einer Schauspielerin und eines Theaterregisseurs in München geboren. Nach seinem Studium der Germanistik und Philosophie in Wien begann Kehlmann seine Schriftstellerlaufbahn mit dem Roman *Beerholms Vorstellung* (1997).

Kehlmann gehört mittlerweile zu den bekanntesten deutschen Gegenwartsautoren. Schon sein 2003 erschienener Roman *Ich und Kaminski* war ein Bestseller, seither hat er mehrere erfolgreiche Romane veröffentlicht, beispielsweise *Ruhm – Ein Roman in neun Geschichten* (2008), den Roman *F* (2013) und die Erzählung *Du hättest gehen sollen* (2016). In seinem neuen Roman *Tyll* (2017) entführt Kehlmann seine Leser in die Zeit des Dreißigjährigen Krieges und lässt seinen Helden Tyll Ulenspiegel inmitten von Grausamkeit, Dummheit und Aberglauben agieren.

■ Werke

Internationalen Erfolg feierte er mit der Veröffentlichung seines Romans *Die Vermessung der Welt* (2005). Dieser Roman wurde in mehr als 40 Sprachen übersetzt und ist einer der erfolgreichsten deutschen Romane nach dem Zweiten Weltkrieg.

■ Internationaler Erfolg

Während Kehlmann noch am letzten Kapitel des Romans arbeitete, wurden mit großem Werbeaufwand zwei Werke Alexander von Humboldts veröffentlicht: Nach knapp 200 Jahren erschien 2004 als deutsche Erstausgabe das 1810 bis 1813 in Paris erschienene Werk *Ansichten der Kordilleren und Monumente*

■ Humboldt-Renaissance

Abb. 7: Daniel Kehlmann auf der Frankfurter Buchmesse 2017

der eingeborenen Völker Amerikas (darin auch der aztekische Kalender; S. 201). Zeitgleich wurde die Neuedition des *Kosmos* herausgebracht. Im Zuge dieser Herausgabe wichtiger Werke Humboldts erschienen in allen bedeutenden Zeitungen und Zeitschriften Artikel über die Forschungen und die Veröffentlichungen Humboldts, so dass Kehlmanns *Die Vermessung der Welt* ungeplant in eine Kampagne der Wiederentdeckung Alexander von Humboldts geriet und, wie Kehlmann zugibt, sicherlich auch davon profitiert hat.

Einen überaus interessanten Einblick in sein literarisches Schaffen vermitteln seine Poetikvorlesungen

Diese sehr ernsten Scherze, die er an zwei Tagen im November 2006 in Göttingen gehalten hat und seine Essays zur Literatur, die 2005 unter dem Titel *Wo ist Carlos Montúfar?* erschienen sind. Sie können als Werkstattbericht zu *Die Vermessung der Welt* gesehen werden. Die Essays setzen sich unter anderem mit der Figurenkonzeption des Werkes und den Bedingungen des historischen Romans auseinander. Eine weitere Sammlung von Aufsätzen und Vorträgen wurde 2010 unter dem Titel *Lob: Über Literatur* veröffentlicht.

Vorlesungen und Essays

Darüber hinaus hat er viele Rezensionen – unter anderem in der *Süddeutschen Zeitung*, der *Frankfurter Rundschau* und der österreichischen Tageszeitung *Der Standard* – veröffentlicht und sich darin zum Teil sehr kritisch mit der Literaturkritik auseinandergesetzt.

Kritik an der Kritik

Im Sommersemester 2012 erhielt Kehlmann eine Gastprofessur am »German Department« der New York University, 2014 hielt er die Poetik-Vorlesung an der Johann-Wolfgang-Goethe-Universität in Frankfurt. Daniel Kehlmann ist Mitglied mehrerer literarischer Institutionen, unter anderem der »Deutschen Akademie für Sprache und Dichtung«.

8. Rezeption

Der literarische Erfolg

Lob der Kritiker

Kehlmanns Roman *Die Vermessung der Welt* wurde schon kurze Zeit nach seinem Erscheinen in allen überregionalen deutschen Zeitungen, in Österreich und in der Schweiz durchgängig positiv besprochen.[32] Man war vom hohen Unterhaltungswert des Romans beeindruckt und stellte heraus, dass Kehlmann mit großer historischer Sorgfalt den beiden Wissenschaftlern gerecht geworden sei und seine Idee auch erzähltechnisch ausgezeichnet umgesetzt habe.

Bei der Verleihung des Kleist-Preises 2006 an Kehlmann betonte Laudator Uwe Wittstock[33], dass es dem Autor gelungen sei, einen herausragenden Roman in durchaus traditioneller Erzählweise zu schreiben. Zugleich machte Wittstock deutlich, dass Kehlmanns Realismus eher als Magischer Realismus zu bezeichnen sei, der auf naturwissenschaftlicher Grundlage mit geisterhaften Elementen spiele, wenn etwa Humboldt über dem Orinoko eine fliegende Untertasse beobachte.

Ijoma Mangold sprach in der *Süddeutschen Zeitung*

32 Siehe hierzu Klaus Zeyringer, »Vermessen. Zur deutschsprachigen Rezeption der *Vermessung der Welt*«, in: Nickel (s. Anm. 1), S. 78–94.

33 Uwe Wittstock, »Die Realität und ihre Risse. Laudatio zur Verleihung des Kleist-Preises 2006 an Daniel Kehlmann«, in: Nickel (s. Anm. 1), S. 113–126.

(24. September 2005) mit Begeisterung vom Ideenreichtum des Romans, vor allem betonte er die treffende Komik, die ein wichtiges Merkmal des Textes sei. In seiner Laudatio zur Verleihung des Candide-Preises 2005 an Kehlmann setzte Mangold sich sehr ausführlich mit dem Roman auseinander und betonte als eine zentrale Stärke Kehlmanns Interesse für Naturwissenschaften.

Im Vergleich zum Film hob Thomas Schmidt in der *Zeit* noch einmal das Besondere des Romans hervor:

> »Tatsächlich markiert *Die Vermessung der Welt* einen der raren Augenblicke, in denen so etwas wie eine kollektive geistige Entspannung greifbar wurde, den Moment, in dem sich ein jüngeres Lesepublikum mit der schrundigen deutschen Kultur- und Wissenschaftsgeschichte ohne wechselseitige Peinlichkeit anzufreunden begann. Und zwar gerade weil die hässlichen Dinge wie Rassenideologie, NS-Medizin, normenloser Technikwahn oder Dialektik der Aufklärung bei Kehlmann am Horizont doch noch aufblitzten – freilich ohne ihre einschüchternde, disziplinierende Eigenschaft.«[34]

Kritik aus wissenschaftlicher Sicht

Sehr klar dagegen kritisierte Frank Holl in der Internationalen Zeitschrift für Humboldt-Studien den Roman als »antiaufklärerisches Buch. Im besten Fall

34 Thomas E. Schmidt, »Schlechter Gelehrtensex«, in: *Zeit* 44 vom 25. 10. 2012. (Online: www.zeit.de/2012/44/Film-Die-Vermesssung-der-Welt/seite-1, Stand: 7. 3. 2018)

ist es nicht mehr als ein sinnfreier historischer Spaß«[35]. Dem Autor fehle es ganz wesentlich an positiven Eigenschaften und Ideen Humboldts. Alexander von Humboldt sei »kein klein gewachsener, roboterhaft in Uniform und mit Degen den Urwald untersuchender, pädophiler, überheblicher, humorloser, fast immer schlecht gelaunter [...] Forscher«[36] gewesen. Und Holl fragt sich, warum Sätze wie etwa der Folgende fehlen:

> »Ich habe bei den sogenannten ›wilden‹ Völkern die erhabensten Begriffe von Gott, Tugend, Freundschaft in den Anfangen ihrer Sprache gefunden, in deren tiefe Wahrheit mich hineinzudenken mir nur gelang, wenn ich mich ganz von europäischen Anschauungen, zumal von Äußerlichkeiten, im Geiste losmachte«[37].

Holl unterstellt Kehlmann, dass er »mit dem Blick auf den Erfolg beim breiten Publikum die Figur mit erfundenen Charakteristika attraktiver machen und

35 Holl, Frank, »›Die zweitgrößte Beleidigung des Menschen sei die Sklaverei ...‹ – Daniel Kehlmanns neu erfundener Alexander von Humboldt«, in: *HiN – Alexander von Humboldt im Netz. Internationale Zeitschrift für Humboldt Studien* 25 (2012) S. 46–62. S. 61. (www.uni-potsdam.de/romanistik/hin/pdf/hin25/hin_25_komplett.pdf, Stand: 5. 3. 2018)

36 Holl (s. Anm. 35), S. 61.

37 Alexander von Humboldt, zitiert nach: Holl (s. Anm. 35), S. 61.

zudem Vorurteile gegen Wissenschaftler bedienen wollte«[38].

Internationaler Erfolg

Mit dem internationalen Verkaufserfolg – der Roman wurde in über vierzig Sprachen übersetzt – gingen zahlreiche ausländische Rezensionen einher, die ganz unterschiedliche Akzente setzten. Einen ausgezeichneten Überblick über die vielseitige internationale Rezeption bietet Julia Steins zusammenfassende Darstellung »Germans and humor in the same book«.[39]

Adaptionen

In Deutschland sind inzwischen eine Hörbuch- (2005) und eine Hörspielfassung (2008) des Romans erschienen (siehe Medienempfehlung S. 139). Am 26. September 2008 wurde am Staatstheater Braunschweig in einer Inszenierung von Dirk Engler eine Bühnenfassung des Romans uraufgeführt, schließlich folgte 2012 die Verfilmung.

Verfilmung

Der Roman wurde 2012 unter der Regie von Detlev Buck mit Florian David Fitz und Albrecht Schuch in den Hauptrollen in 3D verfilmt. In einem Monat wurde der Stoff vorwiegend im Amazonasgebiet von Ecuador und in Görlitz gedreht. Daniel Kehlmann verfasste selbst das Drehbuch zur Verfilmung zusammen mit Detlev Buck und übernahm die Erzähler-

38 Holl (s. Anm. 35), S. 61.
39 Julia Stein, »Germans and humor in the same book«, in: Nickel (s. Anm. 1), S. 136–150.

stimme. Kehlmann hat durch die Literaturverfilmungen seines Vaters, des Theater- und Filmregisseurs Michael Kehlmann, schon früh die Syntax des filmisch-szenischen Erzählens kennengelernt. Zudem hat Kehlmann ebenso wie Buck einen kurzen Auftritt im Film.

Unterschied von Film und Buch

In einem Gespräch zur Verfilmung seines Romans geht Kehlmann auf die grundsätzliche Problematik der Verfilmung von Literatur ein: Während der Leser seinen eigenen Vorstellungen folge und beim Lesen geistig mitarbeite, setze der Film dem Zuschauer umfangreiche, fertig ausgestaltete Bilder vor. »Je traumhafter die Bilder [im Buch], desto besser. Das eben hat das Schreiben dem Film voraus: Es ist nicht gebunden an die physischen Wirklichkeiten unseres Daseins, bloß an die existentiellen«[40]. Weiterhin seien die Gewohnheiten von Lesern und Zuschauern sehr unterschiedlich. So meint Kehlmann, dass etwa »für die Langweile-Toleranz beim Roman ganz andere Gesetze gelten als beim Film. Wenn im Film drei Minuten Langweile kommen, herrscht sofort schlecht Stimmung [...]. Ein Roman kann ruhig mal dreißig Seiten langweilig sein, wenn er vorher spannend war«[41]. Daher bevorzugt der Film rasche Schnitte und kurze Szenen.

Eine zentrale Problematik ergab sich für die Verfilmung auch durch die indirekte Rede im Roman, sie

40 Kehlmann (s. Anm. 5), S. 14.

41 Daniel Kehlmann / Detlev Buck, *Die Vermessung der Welt. Das Buch zum Film*, Reinbek b. Hamburg 2012, S. 152.

musste folgerichtig in unmittelbare Dialoge übertragen werden, damit aber ging die Besonderheit der beobachtenden Distanzierung durch die Sprache verloren. Die indirekte Rede glaubt Kehlmann in der 3D Idee umgesetzt zu haben: »3D wurde in gewisser Weise das Äquivalent für die indirekte Rede«[42]. Dieser Effekt soll zudem ein intensiveres Erlebnis eröffnen, wie Produzent Boje meint: »Die beobachtende Erzählhaltung im Buch wird im Kino ersetzt durch die 3D-Erfahrung: Jedes Detail ist erkennbar, deshalb ist der Zuschauer stark damit beschäftigt, diesen Raum zu erkunden«[43]. Tatsächlich zeigt der Film eindrucksvolle Bilder aus dem tropischen Regenwald des Amazonasgebiets.

3D als Ersatz für die indirekte Rede

Eine grundsätzliche strukturelle Veränderung zeigt schon der Anfang des Films: Er beginnt nicht wie der Roman mit der Kutschfahrt von Gauß zum Kongress in Berlin, sondern fängt mit einer Art Verrätselung aus dem Kapitel »Die Steppe« an. Auf einer weiten Ebene sitzen der Lama und der gealterte Humboldt einander gegenüber, der Lama bittet Humboldt, seinen Hund wieder lebendig zu machen, was dieser als nicht in seiner Macht stehend erklärt. Dann setzt der Film unmittelbar in der Schulstube ein, »Gauß sitzt zwischen etwa hundert Kindern, mehrere davon mit geschorenen Köpfen. Der Lehrer Büttner steht vor der Klasse und schlägt einem Schüler mit dem Rohrstock

Strukturelle Änderungen

42 Kehlmann/Buck (s. Anm. 41), S. 154.
43 Kehlmann/Buck (s. Anm. 41), S. 184.

Darstellung der Lebensläufe

Kritische Stimmen

auf den nackten Hintern«[44]. Die nächste Szene führt in das Studierzimmer der Brüder Humboldt. Damit ist die Grundkonzeption des Films offensichtlich; in kurzen Sequenzen werden die Lebensläufe von Gauß und Humboldt ineinander geschnitten. Der Regisseur Buck erklärt dazu: »Wir setzen zwei Biographien gegeneinander, verschneiden sie, ohne sie gleich aufeinander zulaufen zu lassen. Es gibt keinen Antagonisten, keinen Showdown, nicht den Wendepunkt«[45]. Mit dieser Konzeption gehen schnelle Wechsel, Schnitte und Überschneidungen einher.

So sehr Thomas Schmidt den Roman gelobt hatte, so kritisch sieht er den Film in seiner Rezension »Schlechter Gelehrtensex« in der *Zeit*:

> »[G]egen die latente Langweiligkeit der Handlung konnte [Buck] […] nur die Kräfte der Übertreibung mobilisieren: noch skurrilere Figuren und noch opulentere Bilder […]. Gelegentlich blitzt also ein nackter Hintern auf. Schöne Vögel, lange Formeln. Bucks Film ist eine Bilderflut, aber kein Kino.«[46]

Auch Wolfgang Höbel sieht die Übertreibungen in seiner *Spiegel*-Rezension »Zwei glorreiche Geisteshalunken«, vermag dem Film aber durchaus Positives abzugewinnen:

44 Kehlmann/Buck (s. Anm. 41), S. 20.
45 Kehlmann/Buck (s. Anm. 41), S. 154.
46 Schmidt (s. Anm. 34). (www.zeit.de/2012/44/Film-Die-Vermesssung-der-Welt/seite-2 Zeit, Stand: 12. 2. 2018)

»Auf der Leinwand sieht ›Die Vermessung der Welt‹ oft so aus, als hätten sich Kehlmann und Buck verschworen, es sich bloß mit all jenen deutschen Bildungshubern [...] zu verscherzen, die sich für die ironische Feinheit von Kehlmanns Sätzen, für sein dezentes Ausmalen der Kulissen und die exquisiten Verfälschungen der historischen Vorbildfiguren begeistern. Der Film haut dagegen auf die Pauke. Als Zuschauer kann man nur staunen über die Dreistigkeit, den Übermut, den Krawall, der hier veranstaltet wird. [Kehlmann] erzählt die Geschichte seiner beiden Schlauberger noch einmal fast völlig neu – und macht daraus die vergnügungssüchtigste Filmversion, die einer deutschen Schullektüre je widerfahren ist.«[47]

47 Wolfgang Höbel, »Zwei glorreiche Geisteshalunken«, in: *Spiegel Online* vom 22. 10. 2012. (www.spiegel.de/spiegel/print/d-89234428.html, Stand: 12. 2. 2018)

9. Wort- und Sacherläuterungen

Wegen der Vielzahl von historischen Personen und Ereignissen in diesem Roman werden hier nur Erläuterungen gegeben, die für Interpretationsansätze von Belang sind.

7,5 **Deutschen Naturforscherkongreß:** Alexander von Humboldt organisierte diesen Kongress, dem er auch als Präsident vorsaß. Zu dieser Tagung im September 1828 lud Humboldt Gauß persönlich ein und bot ihm Unterkunft in seinem Stadtpalast.

8,25 **Friedrich Jahns *Deutsche Turnkunst*:** Friedrich Jahn (1778–1852) war Gründer der deutschen Turnbewegung, die eng verknüpft war mit der nationalen Befreiungsidee gegen die napoleonische Besetzung. Das »vaterländische Turnen« diente der Nationalerziehung und der vormilitärischen Ausbildung. 1816 erschien das Buch *Die Deutsche Turnkunst*.

9,12 f. **Orinoko:** Fluss in Venezuela.

9,30 **Grenzstation:** Preußen erhielt nach der Niederlage Napoleons die Rheinlande, Westfalen, Teile von Vorpommern und die nördliche Hälfte von Sachsen zugesprochen, das Königreich Hannover blieb, wie zu der Zeit vor Napoleons Besetzung, mit England verbunden (vgl. S. 152 f.).

15,7 **Herr Daguerre:** Louis Jacques Mandé Daguerre (1787–1851), franz. Maler und Erfinder einer frühen photographischen Methode, der Daguerreotypie.

19,6 f. **Neuspanien ... Neuandalusien:** Vizekönigreich,

administratives Verwaltungsgebiet Spaniens in Lateinamerika.

22,1 **Aguirre:** Lope de Aguirre (1511–1561), baskischer Abenteurer, der 1560 von Peru aus aufbrach, um das legendäre Goldland (Eldorado) zu suchen. Er erreichte die Mündung des Amazonas, ohne das sagenhafte Land gefunden zu haben. 1561 wurde er von spanischen Truppen gefangen und getötet. Er war Vorbild für den Film *Aguirre, der Zorn Gottes* (1972) des deutschen Regisseurs Werner Herzog, der die historische Figur allerdings stark veränderte.

22,30 **Henriettes Salon:** Henriette Herz (1764–1847), die mit 15 Jahren den jüdischen Arzt Marcus Herz geheiratet hatte, sammelte in ihrem literarischen Salon in Berlin, dem »Tugendbund zur Pflege der Freundschaft«, namhafte junge Menschen um sich.

23,2 **Tugendbündler:** Mitglieder des Tugendbundes (s. Anm. zu 22,30), die für die Förderung ethischer Werte eintraten.

23,20 ***L'homme machine*:** (frz.) ›Der Mensch als Maschine‹. Zentrales Werk (1747) des Arztes und Philosophen Julien Offray de La Mettrie (1709–1751), das sich gegen den Dualismus von Geist und Körper wendet und eine rein materialistische Sicht des Menschen vertritt.

23,21 **Pamphlet:** Schmähschrift.

28,4 **Pilâtre de Rozier:** (1757–1785), französischer Physiker und Luftfahrtpionier, dem 1783 die erste Fahrt mit einem Heißluftballon, überhaupt die erste Luftfahrt in der Geschichte, gelang. Nach ihm benannt ist die »Rozière«, eine Mischung aus Wasserstoff- und Heißluftballon.

29,11 f. **Neptunismus:** Lehre, dass die Erde ausschließlich durch Meeresablagerungen entstanden sei. Der Geologe Abraham Werner hatte eine *Systematik der Mineralogie* (1774) veröffentlicht, die Goethes Ansichten stark beeinflusst hat. Im Gegensatz zu dieser Lehre standen die Plutonisten (auch Vulkanisten).

31,13 **Galvanis Buch:** Luigi Galvani (1737–1798), italienischer Arzt, Anatom, Naturforscher; veröffentlichte 1791 das Buch *Abhandlung Über die Kräfte der Elektrizität bei der Muskelbewegung.*

35,30 **soufflierte:** (frz.) *souffler* ›vorsagen, zuflüstern‹.

37,20 **Theodolit:** Winkelmessgerät.

37,21 **Spiegelsextant:** Sextant; Messinstrument der astronomischen Navigation, wurde hauptsächlich auf See, aber auch in der Landvermessung verwendet.

37,22: **Inklinatorium:** Gerät, das den Verlauf magnetischer Feldlinien anzeigt.

41,26 **Okular:** Linse eines optischen Geräts (z. B. Fernglas), die dem Auge zugewandt ist.

42,29 **Minister Manuel de Urquijo:** Manuel de Godoy (1769–1817), einer der wichtigsten Vertrauten des spanischen Königs Karl IV. und Minister in Spanien.

44,17 **englische Blockade:** nach kriegerischen Auseinandersetzungen mit Frankreich war Spanien durch zwei Friedensverträge (1795 und 1796) gezwungen, Frankreich im Kampf gegen England zu unterstützen. Daher kam es zur Blockade englischer Schiffe.

48,25 **Kant:** Immanuel Kant (1724–1804), deutscher Philosoph der Aufklärung.

62,1 **Phlogistonhypothese:** Hypothese über die Oxidationsvorgänge; danach enthalten alle brennbaren Stoffe »Phlogiston«, das beim Verbrennen oder Rosten entweicht, 1785 von Lavoisier widerlegt.

62,9 f. **Bodes Gesetz der Planetenentfernungen:** eine mathematische Formel, mit der sich die Abstände der meisten Planeten von der Sonne herleiten lassen.

62,11 **Theoreme Eulers:** Nachweis mathematischer Funktionen, benannt nach dem Mathematiker Leonhard Euler (1707–1783).

70,15 **Äquinoktialgegenden:** tropische Länder.

80,22 **Ephemeridenkatalog:** Ephemeriden sind die vorausberechneten Positionswerte beweglicher astronomischer Objekte, die in astronomischen oder nautischen Jahrbüchern veröffentlicht werden.

84,5 **Curare:** Sammelbegriff für pflanzliche Pfeilgifte, die von der indigenen Bevölkerung Südamerikas verwendet werden.

86,27 **Accouchierhaus:** im 18. Jahrhundert eine Gebäranstalt, Vorläufer heutiger Entbindungskliniken.

93,24 **Geisterplanet:** 1801 gelang dem italienischen Astronom, Mathematiker und Theologen Giuseppe Piazzi die erste Beobachtung des Asteroiden Ceres, der 2006 als Zwergplanet anerkannt wurde. Piazzi verlor allerdings wegen einer Unterbrechung der Beobachtung Ceres aus den Augen. Mit einer neu entwickelten Methode gelang es Gauß, die Bahn des Kleinplaneten zu berechnen, so dass dieser wieder aufgefunden werden konnte.

94,11 **Pedell:** Hausmeister an Schulen und anderen öffentlichen Einrichtungen.

96,2 **Euklid:** griechischer Mathematiker, ca. 3. Jh. v. Chr., befasste sich mit allen Bereichen der antiken griech. Mathematik.

98,1 **Bonaparte:** Napoleon Bonaparte (1769–1821), französischer General, durch einen Staatsstreich (1799) zum Ersten Konsul aufgestiegen, seit 1804 Kaiser; starb 1821 in Verbannung auf St. Helena.

103,15 f. **Leydener Flasche:** wassergefüllte Glasflasche mit Metallbelägen zur Sammlung elektrischer Ladungen. Erste Form eines Kondensators.

113,10 **Katarakten:** Stromschnellen.

117,24 **Mimikry:** Nachahmung von gefährlichen Tieren (deren Form oder Farbe) durch nichtwehrhafte Tiere zum Schutz vor Feinden.

118,28 **Idiom:** Mundart, Redeweise.

132,21 f. **Chimären:** Einbildungen, Sinnestäuschungen.

141,26 **Kordilleren:** Gebirgskette im Westen Nord- und Südamerikas von Alaska bis Feuerland.

143,11 **Maskelyne, Mason, Dixon:** berühmte Mathematiker und Astronome.

145,26 **asymptotisch:** Asymptote (math.): eine Gerade, der sich eine ins Unendliche verlaufende Kurve beliebig nähert, ohne dass es Berührungspunkte gibt.

147,4 f. **Orbitberechnung:** Berechnung der Planetenumlaufbahn.

150,6 **approximativ:** annähernd, ungefähr.

151,22. **Krieg:** hier: Schlacht bei Jena und Auerstedt am 14. Oktober 1806, bei der die preußische Armee Friedrich Wilhelms III. den französischen Truppen von Napoleon unterlag.

152,6 f. **der Herzog liege … im Sterben:** Der Herzog von Braunschweig wird in der Schlacht bei Jena und Auerstedt (s. Anm. zu 151,22) schwer verletzt und am 25. Oktober 1806 nach Dänemark gebracht, wo er am 10. November 1806 stirbt. Gauß verliert damit seinen Gönner, der ihn 15 Jahre unterstützt hat. Ein Jahr später siedelt Gauß nach Göttingen um, wo er ordentlicher Professor für Astronomie und Leiter der Sternwarte wird.

158,14 **Newtons Theorie des Lichts:** Isaac Newton (1643–1727), Mathematiker, Physiker und Astronom, bekannt für seine Forschungen auf dem Gebiet der Optik, vor allem durch die von ihm vorgetragene Teilchentheorie des Lichts und die Erklärung des Lichtspektrums.

160,22 **Geodät:** Fachmann für Vermessung.

163,23: **Chimborazo:** mit 6310 m Höhe der höchste Berg in Ecuador.

164,9 **Herbarien:** Sammlungen getrockneter Pflanzen.

170,2 **Inklination:** (Physik) Neigung einer frei aufgehängten Magnetnadel zur Waagerechten zur Bestimmung der magnetischen Feldlinien.

171,29 **Miasmen:** übler Dunst, Verunreinigung der Luft, die Krankheiten verursachen soll; noch im 19. Jahrhundert glaubten Mediziner, Seuchen wie Cholera würden durch Miasmen verbreitet.

181,7 f. **Graf von der Ohe zur Ohe:** Tatsächlich hat eine Begegnung mit Peter Hinrich von der Ohe zur Ohe stattgefunden, bei dem Gauß während seiner Vermessungstätigkeit logierte.

190,25 **Adjutant:** einem Befehlshaber zugeordneter Offizier.

194,9 **Heliotrop:** ein Fernrohr mit einem integrierten System von zwei kleinen Spiegeln, die das Sonnenlicht weiterlenken, so dass eine Messung über eine Entfernung von mehr als 80 Kilometern möglich ist. Gauß revolutionierte mit dieser Erfindung die Vermessungstechnik und entwickelte zugleich eine Verständigungssprache mittels dieses Instruments, indem das Licht mit der Hand kurz oder lang unterbrochen wird (vgl. S. 281).

197,4: **Aufrißkarte:** Aufriss; Bauzeichnung.

199,9 **Leibniz:** Gottfried Wilhelm Leibniz (1646–1716), deutscher Philosoph der Aufklärung, Mathematiker, Diplomat.

201,11 **Rad aus Stein:** Dem 20 Tonnen schweren Kalenderstein widmete Humboldt eine 70 Seiten lange Abhandlung.

206,8 **Popocatepetl:** Vulkan in Mexiko.

207,25 **Solstitiums:** Sonnenwende.

213,16 **polyglotte:** mehrsprachige (Papageien).

213,22 f. **Bifokalgläser ... Franklin:** Brillenglas mit Nah- und Fernbereich, eine Erfindung Benjamin Franklins (1706–1790).

215,26 **Memorandum:** Denkschrift.

219,10 **Bolívar:** Simón Bolívar (1783–1830), südamerikanischer Nationalheld, der den Unabhängigkeitskampf des nördlichen Südamerika gegen die spanische Herrschaft führte. Nach ihm ist Bolivien benannt. Bolívar bezeichnete Humboldt als den wirklichen Entdecker der Neuen Welt.

220,17 **Phlogiston:** s. Anm. zu 62,1.

229,19 **Kokarden:** Hoheitszeichen an einer Uniform.

234,7 **Kotter:** Arrest, Gefängnis.

235,8 **Zauberflöte:** Oper von Wolfgang Amadeus Mozart (1756–1791), 1791 uraufgeführt.

235,26 f. **Magellanschen Wolken:** zwei irreguläre Zwerggalaxien nahe der Milchstraße, benannt nach dem Seefahrer Ferdinand Magellan.

236,1 f **amorphe:** gestaltlose.

265,2 **Cyanometer:** Instrument zur Intensitätsbestimmung der blauen Himmelsfarbe, Ende des 18. Jahrhunderts entwickelt.

269,10 **Kosakentrupp:** Kosaken; urspr. Gemeinschaft freier Reiterverbände in den südlichen Steppengebieten Russlands, ab dem 18. Jh. Teil der russischen Armee.

274,14 **Vivat:** (lat. *vivere* ›leben‹) Hochruf; er/sie/es lebe.

281,8 **Glockenkurve der Wahrscheinlichkeit:** in der Stochastik ein wichtiger Typ stetiger Wahrscheinlichkeitsverteilung in Form einer Glocke.

281,16 **aber die Nadel schlug nicht aus:** Über eine Leitung zwischen Webers Physikinstitut und der Sternwarte gelingt es den beiden Forschern 1830, durch elektrische Impulse miteinander zu kommunizieren. Die erste elektromagnetische Botschaft von Gauß lautete: Wissen vor Meinen, Sein vor Scheinen.

281,25 **diadische Alphabet:** Dualsystem von Leibniz (s. Anm. zu 199,9), 1679 veröffentlicht. Ein Zahlensystem, in dem jede Zahl durch eine Folge von nur zwei Symbolen (meist 1 oder 0) ausgedrückt wird.

284,23 f. **Jurten:** Filzzelte zentralasiatischer Nomaden.

299,10 f. **Harrison-Chronometer:** Schiffsuhr, die zur Bestimmung des Längengrades benutzt wurde, benannt nach ihrem Erfinder, dem Uhrmacher John Harrison (1693–1776).

10. Prüfungsaufgaben mit Lösungshinweisen

Aufgabe 1: Textanalyse

Arbeitsauftrag: Analysieren und interpretieren Sie den Anfang des Romans (bis »warf das Buch hinaus«, S. 9). Gehen Sie dabei auf die Darstellungsmittel ein.

Lösungshinweise

1. Einleitung

In einer Art Exposition werden die beiden zentralen Figuren des Romans – Humboldt und Gauß – genannt. Das exakte historische Datum suggeriert eine historische Dimension des Romans, die allerdings durch das kindliche Verhalten der Hauptfigur sofort in eine ironische Brechung gerät.

2. Hauptteil

Handlung knapp zusammenfassen: Gegen seinen Willen fährt Gauß zu einem Kongress nach Berlin, zusammen mit dem Sohn, den der Vater für einen »Versager« (S. 8) hält. Nur die liebevolle Aufmunterung der eigenen Mutter lässt Gauß aufbrechen.

Darstellung:

- Zeitangabe: September 1828, nachnapoleonische Zeit – nach dem Wiener Kongress, Burschenschaften, »Jahns

Deutsche Turnkunst« (S. 8), konservative politische Kräfte haben in Preußen wieder Einfluss, kurz vor der Revolution 1830.

- Ortsangabe, Handlungsraum:
  - Gauß' Heimat Göttingen (Gauß ist unwillig, sie auch nur für eine Reise zu verlassen)
  - abgeschlossene Kutsche (Reise als unangenehme Anstrengung)
  - Ziel: Berlin – kulturelles und wissenschaftliches Zentrum (an dem Gauß nicht interessiert ist)
- Erzähltechnik / Erzählperspektive: neutraler Beginn, dann auktorialer Erzähler, der die Handlung kommentiert (»Selbstverständlich wollte er nicht dorthin«, S. 7)
- Erzählhaltung: ironisch
- Figurenkonstellation:
  - Gauß: ein passiver, menschenscheuer und kindlich agierender Mann, dessen Bedeutung (»der größte Mathematiker«, S. 7) im Kontrast dazu steht
  - Ehefrau Minna: versucht, Gauß gut zuzureden, zeigt Geduld, wird beschimpft
  - Sohn Eugen: befasst sich mit Jahns Werk *Deutsche Turnkunst*, die der Vater angewidert aus dem Fenster wirft; erstes Anzeichen seiner Abneigung
  - alte Mutter
  - erste Erwähnung Humboldts

Sprache:

- Sachlicher Beginn, der schon im zweiten Satz mit dem Adjektiv »selbstverständlich« durch die subjektive Sicht des Erzählers aufgehoben wird.

- Wechsel zwischen wörtlicher Rede und indirekter Rede, dabei wird die wörtliche Rede nicht in Anführungszeichen gesetzt, so dass beide Formen einander ähneln. Zudem wird der Konjunktiv als Form der Zukunftsvisionen gewählt.
- Sätze sind meist kurz, parataktisch nebeneinander gesetzt.
- Wesentliches Stilmittel wird deutlich: Ironie.

3. Schluss

Deutung:

Andeutung einer Doppelbiographie: Gauß und Humboldt, dabei wird durch die übertriebene Darstellung des Verhaltens (Gauß agiert kindlich) deutlich, dass es sich nicht um eine ernsthafte biographische Darstellung handelt. Die ersten Unterschiede der beiden Hauptfiguren werden erkennbar: Gauß ist reiseunwillig, häuslich, impulsiv und unbeherrscht, mit Zukunftsvisionen; Humboldt dagegen »hartnäckig« (S. 7) und zielorientiert.

Aufgabe 2: Figurenanalyse

Arbeitsauftrag: Charakterisieren Sie die Figur Alexander von Humboldt vor allem auf der Grundlage des zweiten Kapitels »Das Meer« (ab S. 36: »Eine Woche später kündigte er …« bis S. 44: »… auf den Weg«).

Lösungshinweise

Bei einer Figurenanalyse untersucht man das Wesen, den Charakter der Figuren. Man unterscheidet hier die indirekte von der direkten Charakteristik. Die indirekte Charakteristik basiert auf Betrachtungen der Figuren: Wie sprechen die handelnden Figuren (Wortwahl, Satzbau, sprachliche Besonderheiten)? Wie verhalten sie sich? Welche Ziele verfolgen sie? Wie ist die Beziehung der Figuren zueinander? Eine weitere Möglichkeit ist die direkte Charakteristik. Dabei werden die Darstellung durch den Erzähler und die Einschätzungen und Meinungen anderer Figuren, die die zu analysierende Figur betreffen, in die Charakteristik einbezogen.

Einleitend (1) sollte auf die persönlichen Daten der Figur eingegangen werden: Herkunft, Stellung, Alter, Position im Figurengefüge.

Im weiteren Teil (2) geht es darum, anhand der Verhaltensweisen und des Kommunikationsverhaltens (welche Interessen verfolgt die Figur? Wie?) sowie der Argumente auf den Charakter zu schließen.

1. Einleitung

- adlige Herkunft
- Berufsorientierung durch Goethes Rat vorgegeben
- Privatlehrer erzieht die Brüder; Alexander ist schon früh von empirischer Forschung fasziniert, die Geschichte von Aguirre lässt in ihm den Plan entstehen, an den Orinoko zu reisen.

- Konflikte mit dem älteren Bruder
- ehrgeiziger und zielorientierter Schüler nach beinahe tödlichem Erlebnis

2. Hauptteil

- Alexander kündigt seine gute Stellung, um zu seinen Forschungsreisen aufbrechen zu können.
- Goethe fordert ihn beim Abschied auf, sich zu erinnern, von wem er komme – als Botschafter der Literaten der Aufklärung: Goethe, Wieland, Schiller, Wilhelm von Humboldt.
- Alexander nutzt sein Erbe, um die teuersten Instrumente für seine Forschungsreise zu kaufen, die er sofort einsetzt.
- Er scheut keine Unannehmlichkeiten, um sich auf die Reise vorzubereiten, und trainiert sein Schmerzempfinden.
- Sein Bruder und vor allem die Schwägerin sehen in Alexanders Geschäftigkeit krankhafte Züge.
- Jede Art von Messung (z. B. die Festlegung des Meters) erfüllt Alexander mit besonderer Erregung.
- Alexanders Begeisterung und Entschlossenheit ist so ansteckend, dass er Bonpland für seine Forschung gewinnen kann.
- Leidenschaftlich vermisst Alexander schon auf dem Weg durch Spanien jeden Hügel, »denn ein Hügel«, den man nicht vermessen habe, »beleidige die Vernunft« (S. 42).
- Mit List verschafft er sich den Passierschein für seine Weiterreise.

3. Schluss

Mit Ausdauer, Zähigkeit, Gewissenhaftigkeit, Entschlossenheit, praktisch veranlagt und unsentimental, bereitet Alexander von Humboldt seine Forschungsreise vor. Diese zentralen Charaktereigenschaften befähigen ihn, die Strapazen der Forschungsreise auszuhalten.

Aufgabe 3 – Analyse eines pragmatischen Textes mit weiterführendem Auftrag

Arbeitsauftrag: Analysieren Sie die einleitende Zusammenfassung des Aufsatzes von E. Knobloch über Kehlmanns Roman. Arbeiten Sie die zentralen Thesen heraus und nehmen Sie Stellung. Gehen Sie dabei auch auf Kehlmanns anschließende Aussagen zum Roman ein.

Eberhard Knobloch: *Alexander von Humboldt und Carl Friedrich Gauß – im Roman und in Wirklichkeit*

»Zusammenfassung

Daniel Kehlmanns Roman ›Die Vermessung der Welt‹ wird hoch gepriesen und streng kritisiert. Kehlmanns Kritiker lesen seine Satire als eine verfälschte Biographie von Gauß und Humboldt, obwohl der Autor wiederholt selbstironische Bemerkungen eingestreut hat, die sein wahres Ziel offenbaren. Der Aufsatz bemüht sich, Kehlmanns fiktiven Roman angemessen zu beurteilen und einige der wirklichen Aktivitäten und Errungenschaften von Gauß und Humboldt zu charakterisieren, indem Kehlmanns erzählte mit den historischen Tatsachen verglichen werden. Beide Wissenschaftler waren stark am Erdmagnetismus interessiert, was zeitweise zu einigen Spannungen zwischen ihnen führte. Humboldts Messmethoden und seine Überzeugung, dass alles Wechselwirkung ist, waren zwei Seiten derselben Medaille. Nur numerische Elemente konnten helfen, die Gesetze zu finden, die die Natur regieren. Humboldts wissenschaftliche Techniken und Ziele (Methode der Mittelwerte) waren gut begründet. Humboldts Reisen und Forschen bildeten eine untrennbare Einheit. Humboldts Naturbegriff schloss beide Möglichkeiten ein, das heißt die natura naturans und die natura naturata, die schaffende und herrschende Natur und die Natur, die von bestimmten Gesetzen beherrscht war. Sein überragendes Interesse an Naturgesetzen gründete auf der Überzeugung, dass sie ewig waren und dass sie die Ordnung und Ewigkeit der Welt garantierten.«[48]

Über das Verhältnis von Realität und Erfindung sagt Kehlmann:

»In dem Moment, in dem auf einem Buch das Wort ›Roman‹ steht, ist alles Erfindung, auch wenn dies oder das zufällig stimmt. […] Als ich begann, meinen Roman über

48 Eberhard Knobloch, »Alexander von Humboldt und Carl Friedrich Gauß – im Roman und in Wirklichkeit«, in: *HiN – Alexander von Humboldt im Netz. Internationale Zeitschrift für Humboldt Studien* 25 (2012) S. 63–79. S. 63. (http://dx.doi.org/10.18443/172, Stand: 24. 4. 2018)

Gauß, Humboldt und die quantifizierende Erfassung der Welt zu schreiben, über Aufklärer und Seeungeheuer, über Größe und Komik deutscher Kultur, wurde mir schnell klar, daß ich erfinden musste. Erzählen, das bedeutet, einen Bogen spannen, wo zunächst keiner ist [...].«[49]

Hinweise zum Autor: Eberhard Knobloch (geb. 1943) studierte Mathematik, Klassische Philologie, Geschichte der exakten Wissenschaften und der Technik. Promotion 1972, Habilitation 1976. Seit 2002 Akademieprofessor für Geschichte der exakten Wissenschaften und der Technik an der Technischen Universität Berlin und der Berlin-Brandenburgischen Akademie der Wissenschaften (BBAW). Projektleiter der Alexander-von-Humboldt-Forschungsstelle an der BBAW.

Lösungshinweise

Bei der Analyse gilt es, die Argumente des Verfassers herauszuarbeiten und mit eigenen Worten zusammenzufassen. Im Hinblick auf die Thesen kann die eigene Stellungnahme zum Text mit Kehlmanns Aussagen erweitert werden.

1. Einleitung:

Die Einleitung der Analyse sollte auf Textart, Herkunft des Textes, Autor und Art der Quelle eingehen. Die

49 Kehlmann (s. Anm. 5), S. 35 f.

Quellenangabe zeigt, dass es eine Veröffentlichung ist, die sich im Internet mit Alexander von Humboldts Forschungen befasst. Die Hinweise zum Autor lassen erkennen, dass es sich um einen Autor handelt, der Humboldts Forschungsergebnisse wissenschaftlich verwaltet. Er nimmt also keine literaturwissenschaftliche, sondern eine naturwissenschaftliche Position ein.

2. Hauptteil – Thesen des Textes

- Kehlmanns Roman wird konträr aufgenommen:
  - als »verfälschte« Biographie der Protagonisten
  - als Satire
- Der Aufsatz von Knobloch verfolgt das Ziel, Kehlmanns Roman im Hinblick auf diese Kritik zu beurteilen:
  - ihn mit der historischen Wirklichkeit zu vergleichen und
  - die Forschungsbereiche von Gauß und Humboldt zutreffend darzustellen.
- Der zweite Teil der Zusammenfassung befasst sich mit dem gemeinsamen Forschungsinteresse von Gauß und Humboldt, dem Erdmagnetismus, sowie mit Humboldts grundsätzlichem Interesse an Naturgesetzen und ihrer Messbarkeit.
- Diese Naturgesetze sah Humboldt als ewiggültig und damit ordnungsstiftend an.

3. Stellungnahme zu dem Text

- Die Zusammenfassung zeigt einen besonderen Schwerpunkt auf den wissenschaftlichen Positionen von Gauß und Humboldt, damit wird der Verfasser jedoch der

Fiktionalität des Textes nicht gerecht, wenn er die realen Forschungen beider Protagonisten in den Vordergrund stellt.

- Kehlmann hingegen betont die Aufgabe des Romanautors, Begebenheiten zu erfinden.
- Ausgehend von der Einschätzung, der Roman sei eine Satire, wäre zu reflektieren, welche Zielsetzung die Satire hat.
- Schon der Titel beinhaltet die Tendenz in dem Doppelsinn von »Vermessen«, in dem einerseits das Messen steckt, aber auch die Vermessenheit.

4. Schluss

- Zusammenfassung der zuvor gesammelten Erkenntnisse.
- Berücksichtigung literaturwissenschaftlicher und naturwissenschaftlicher Schwerpunkte.
- Absicht des Autors: Humboldt als Wissenschaftler gegenüber Kehlmanns Charakterisierung rehabilitieren.

11. Literaturhinweise / Medienempfehlungen

Textausgaben

Kehlmann, Daniel: Die Vermessung der Welt. Reinbek b. Hamburg: Rowohlt Taschenbuch Verlag, [45]2017. – *Nach dieser Ausgabe wird zitiert.*

Humboldt, Alexander von: Ansichten der Natur. Mit wissenschaftlichen Erläuterungen und sechs Farbtafeln, nach Skizzen des Autors. Nördlingen 1986.

Humboldt, Alexander von: Ansichten der Kordilleren und Monumente der eingeborenen Völker Amerikas. Aus dem Franz. übers. von Claudia Kalscheuer. Hrsg. von Oliver Lubrich und Ottmar Ette. Frankfurt a. M. 2004. [Diese wunderbar ausgestattete deutsche Erstausgabe des bedeutenden Werkes von Alexander von Humboldt bietet – unter anderem auch wegen der 69 exzellenten Bildtafeln – einen hervorragenden Einblick in seine Forschungsarbeit.]

Humboldt, Alexander von: Kosmos. Entwurf einer physischen Weltbeschreibung. Hrsg. von Ottmar Ette und Oliver Lubrich. Frankfurt a. M. 2004. [Dieses Werk hat Humboldt selbst als das Werk seines Lebens bezeichnet. Die Vorlesungen, die die Grundlage des *Kosmos* darstellen, begeisterten seinerzeit Tausende Berliner Bürger. 90 Tafeln im Original-Kolorit ergänzen dieses umfassende Werk (944 Seiten).]

Kehlmann, Daniel: Diese sehr ernsten Scherze. Poetikvorlesungen. Göttingen 2007. [In zwei Vorlesungen befragt Kehlmann sich selbst nach seiner Rolle als Schriftsteller, nach seinen Vorbildern und seinem Realismusbegriff.]

Kehlmann, Daniel: »Wo heute Lärm ist, war einst Magie«. In: Frankfurter Allgemeine Zeitung vom 21. Juli 2009, S. 23–25.

Kehlmann, Daniel: Kommt, Geister. Frankfurter Vorlesungen. Reinbeck b. Hamburg 2015. [In fünf Vorlesungen, die Kehlmann am renommierten deutschen Gastlehrstuhl für Poetik in Frankfurt gehalten hat, zeigt er, wie die Schrecken der deutschen Vergangenheit sein Werk mit beeinflusst haben.]

Interpretationen und Rezensionen

Frey, Bruno S.: Grenzen der Messmanie. In: Die Zeit 40 (28.9.2017) S. 37.

Höbel, Wolfgang: Zwei glorreiche Geisteshalunken. In: Der Spiegel 43 (2012) S. 132 f.

Krumbholz, Martin: Das Glück – ein Rechenfehler. In: Neue Zürcher Zeitung vom 18. Oktober 2005.

Lüdke, Martin: Doppelleben, einmal anders. In: Frankfurter Rundschau vom 28. September 2005.

Mangold, Ijoma: Da lacht der Preuße, und der Franzose staunt. In: Süddeutsche Zeitung vom 24. September 2005.

Nickel, Gunther (Hrsg.): Daniel Kehlmanns *Die Vermessung der Welt*. Materialien, Dokumente, Interpretationen. Hamburg 2008. [Dieser Sammelband enthält interessante Aufsätze zu Kehlmanns Roman, die ein weites

Spektrum eröffnen, sowie Kehlmanns Aufsatz »Wo ist Carlos Montúfar?« und zwei Interviews mit Kehlmann. Ferner eine Kurzbiographie über Carl Friedrich Gauß und Alexander von Humboldt, zudem einen Überblick über die deutschsprachige und internationale Rezeption.]

Pütz, Wolfgang: Daniel Kehlmann: Die Vermessung der Welt. München 2008.

Schmidt, Thomas E.: Film *Die Vermessung der Welt*: Schlechter Gelehrtensex. In: Die Zeit. Nr. 44 (2012).

Soboczynski, Adam: Die Vermessung der Welt. Die Zeit 35 (2012).

Spiegel, Hubert: Der Schrecken der Welt lässt sich messen, aber nicht bannen. In: Frankfurter Allgemeine Zeitung vom 22. Oktober 2005.

Weidermann, Volker: Daniel Kehlmann. In: Lichtjahre. Köln [4]2006. S. 272.

Biographische Darstellungen

Botting, Douglas: Alexander von Humboldt. München 1974. [Ein sehr gut lesbarer Überblick über die Forschungsreisen Humboldts mit einigen ganzseitigen farbigen Abbildungen. Im Anhang findet sich Humboldts Bericht »Ueber einen Versuch den Gipfel des Chimborazo zu ersteigen« (1853).]

Büchner, Georg: Werke und Briefe. München 1990. S. 137.

Geier, Manfred: Die Brüder Humboldt. Eine Biographie. Reinbek b. Hamburg 2009.

Holl, Frank (2012): »Die zweitgrößte Beleidigung des

Menschen sei die Sklaverei…« – Daniel Kehlmanns neu erfundener Alexander von Humboldt. In: HiN – Humboldt im Netz. Internationale Zeitschrift für Humboldt Studien XIII, 25 (2012) S. 46–62.

Knobloch, Eberhard (2012): Alexander von Humboldt und Carl Friedrich Gauß. – Im Roman und in Wirklichkeit. In: HiN – Humboldt im Netz. Internationale Zeitschrift für Humboldt Studien XIII, 25 (2012) S. 63–79.

Mania, Hubert: Gauß. Eine Biographie. Reinbek b. Hamburg 2009. – [Diese Biographie ist sehr verständlich geschrieben und kann als Ergänzung zu Kehlmanns Roman gelesen werden. Sie stellt den Menschen Gauß in den Mittelpunkt, zugleich werden die politischen Verhältnisse der Zeit beleuchtet. Die mathematischen Forschungen von Gauß werden sehr verständlich dargestellt.]

McIntyre, Loren A.: Die amerikanische Reise. Auf den Spuren Alexander von Humboldts. Hamburg 1982. [Ein exzellent ausgestatteter Bildband mit Bildern und Dokumenten aus der Zeit Humboldts und Photographien um 1980 auf Humboldts Spuren.]

Meyer-Abich, Adolf: Alexander von Humboldt. Reinbek b. Hamburg [18]2006. [Sehr guter, informativer Überblick über den Lebenslauf und die Forschungsreisen von Alexander von Humboldt mit zahlreichen Abbildungen.]

Wulf, Andrea: Alexander von Humboldt und die Erfindung der Natur. München 2016. [Eine umfassende, gut zu lesende Biographie Humboldts.]

Medien

Die Vermessung der Welt. Spielfilm (Deutschland/Österreich 2013). Regie: Detlev Buck. Drehbuch: Detlev Buck, Daniel Kehlmann. 119 Min.

Kehlmann, Daniel: Die Vermessung der Welt. Hörbuch auf 7 Audio-CDs. Gelesen von Ulrich Noethen. Berlin 2017.

Kehlmann, Daniel: Die Vermessung der Welt. Hörspielfassung in einer Inszenierung des Norddeutschen Rundfunks auf 3 Audio-CDs. Berlin: Universal Music Group, 2007.

Kehlmann, Daniel / Buck, Detlev: Die Vermessung der Welt. Das Buch zum Film. Reinbek b. Hamburg 2012. [Das Buch enthält den gesamten Text sowie zahlreiche Farbfotos aus dem Film. Bilder des Films sind auf der offiziellen Website zu finden: wwws.warnerbros.de/dievermessungderwelt/fotos.html]

12. Zentrale Begriffe und Definitionen

Auktoriale Erzählsituation: ➤ Erzählsituation

Direkte Rede: wörtliche Aussage von ➤ Figuren innerhalb des Geschehens. Kehlmann verzichtet dabei auf Anführungszeichen zur Kennzeichnung des Gesagten: »Rauß mit der Sprache, sagte Gauß« (S. 8).

➤ S. 68

Erzähler: Vom Autor erdachte ➤ Figur, die nicht mit dem Autor verwechselt werden darf. Der Erzähler vermittelt die Geschehnisse aus seiner Sicht und kann dabei Teil des Geschehens oder außenstehender Beobachter sein. In Kehlmanns Roman steht der auktoriale Erzähler (➤ Erzählsituation) scheinbar über der dargestellten Welt, hat Einsicht in Figuren und kommentiert das Geschehen.

Im Film wird der Erzähler aus dem Off eingesetzt, um Handlungsübergänge oder Informationen zu vermitteln.

➤ S. 68 f.

Erzählhaltung: Art und Weise, wie der ➤ Erzähler die ➤ Figuren und Situationen sieht und bewertet. Das kann kritisch, humorvoll, ironisch o. ä. sein.

➤ S. 67 ff., 113

Erzählsituation: Der **auktoriale Erzähler** ist ein allwissender Erzähler, der Überblick über das gesamte Geschehen hat, Sachverhalte und ➤ Figuren kennt und damit einen Wissensvorsprung vor dem Leser hat. Der **personale Erzähler** verfügt über das Wissen der Figuren und vermittelt das Geschehen aus deren Sicht. Er erzählt in der Er/Sie-Form. Der **neutrale Erzähler** enthält sich jeder Bewertung oder Kommentierung der Geschehnisse und ➤ Figuren und schildert die Ereignisse aus objektiver Sicht.

➤ S. 68 f.

Erzählte Zeit: Handlungsdauer der erzählten Handlung. Nicht zu verwechseln mit der ➤ Erzählzeit.

➤ S. 7

Erzählzeit: Zeit, die man zum Lesen eines Textes benötigt.

Figuren: fiktive Personen, die im Text auftreten. Man unterscheidet Haupt- und Nebenfiguren. Figuren charakterisieren sich durch Handlungen, Gedanken, Sprache oder werden von außen durch Beschreibung etc. charakterisiert.

➤ S. 40 ff., 86, 91

Figurenkonstellation: Verhaltensweisen und Beziehungen der ➤ Figuren untereinander. Die Konstellation kann sich wandeln, abhängig von den Ereignissen und dem Beziehungsgeflecht im Roman.

➤ S. 40, 86

Figurenrede: Form der Sprache. Figuren können in Dialogen, Monologen, erlebter Rede, ➤ direkter Rede oder ➤ indirekter Rede kommunizieren.

Historischer Roman: Historische Stoffe, Ereignisse, Personen werden thematisiert. Der historische Roman seit dem 19. Jh. zielt auf historische Wahrheit des Dargestellten, er will zeigen, was tatsächlich gewesen ist.

➤ S. 9, 72

Indirekte Rede: Die Äußerungen und Gedanken einer ➤ Figur werden nicht wörtlich, sondern durch den Einsatz von Verben der Redewiedergabe (sie dachte, sagte, meinte) und den Gebrauch des Konjunktivs wiedergegeben: »Er habe sich jetzt entschieden, sagte Gauß« (S. 85).

➤ S. 67 ff., 113 f.

Klassik: (auch: Weimarer Klassik) literarische Epoche zwischen 1786 und 1805 mit Zentrum in Weimar. Leitideen sind Harmonie, Humanität, Toleranz und Einheit von Mensch und Natur, Voraussetzung ist die Erziehung in diesem Sinne. Berühmte Vertreter waren Johann Wolfgang Goethe, Friedrich Schiller und Christoph Martin Wieland, die auch im Roman genannt werden, als Goethe Humboldt zu einem Gesandten der Klassik erklärt.

➤ S. 91, 98

Komik: belustigender Effekt, der häufig durch einen unerwartet auftretenden Widerspruch zwischen dem, was ist, und dem, was sein sollte, eintritt.

➤ S. 98 ff.

Kontext: Umfeld, Hintergründe und Zusammenhänge, in die das Werk eingeordnet werden kann oder durch die das Werk beeinflusst worden ist. Dies kann literarisch, historisch, thematisch, biographisch sein.

➤ S. 70–84 (Kap. 5)

Magischer Realismus: Verschmelzung von sichtbarer, rationaler Realität mit Halluzinationen oder Träumen. *Hundert Jahre Einsamkeit* von Gabriel García Márquez gilt als Werk des magischen Realismus.

➤ S. 71, 108

Parataxe: Einzelne Haupt- oder Teilsätze werden aneinandergereiht, im Gegensatz zur Hypotaxe (= Satzgefüge mit Haupt- und Nebensätzen).

➤ S. 67

Postmoderne: Literatur nach der Moderne, literarische Strömung ab 1960. Kennzeichen der Postmoderne sind u. a. das Spiel mit literarischen Traditionen, die ironische Brechung des eigenen Schreibprozesses, die Mischung von Stilrichtungen und verschiedener Genre und Verweise auf andere Texte.
➤ S. 71

Raffung: Die ➤ Erzählzeit ist kürzer als die erzählte Zeit, da Zeiträume ausgelassen oder zusammenfassend erzählt werden. So umfasst beispielsweise das Kapitel »Die Zahlen« einen Zeitraum von sechs Jahren und erzählt von Gauß' Studienzeit, seiner Promotion und der Entstehung der *Disquisitiones Arithmeticae*.
➤ S. 86

Rahmen: Erzählung, die den äußeren Rahmen für eine darin eingebaute Erzählung, eine Binnenhandlung, bildet. In *Die Vermessung der Welt*: Reise nach Berlin und Ankunft, späterer Aufenthalt in Berlin und nachfolgendes Geschehen (Kapitel 1, 11–15).
➤ S. 63 ff.

Reiseroman: fiktive Ausformung von Reiseerlebnissen, zentrale Aspekte sind: Abreise, Ankunft, Aufenthalt und Rückkehr nach Hause.

Satire: Darstellungsart, die Sachverhalte verzerrt wiedergibt. Dadurch sollen Missstände innerhalb der Gesellschaft oder auffällige, oft unangenehme Verhaltensweisen aufgezeigt werden. Dabei arbeitet sie mit unterschiedlichen sprachlichen Mitteln, beispielsweise mit Über- und Untertreibung, ➤ Komik oder Ironie, die dem Leser genügend Distanz ermöglichen, um das Gelesene kritisch beurteilen zu können.

➤ S. 98 ff., 130

Protagonist: Hauptfigur eines Textes.

➤ S. 7

Zeitgerüst: Abfolge der im Text geschilderten Ereignisse, zum Beispiel chronologische Reihenfolge, Durchbrechung der Reihenfolge durch Vorausdeutung und Rückblenden, ➤ Raffung oder Dehnung des Zeitraums.

➤ S. 63 f.